玫瑰奴隶王

THE EMANCIPATOR

深雪

著

深圳出版社

目 录

The Pawnshop No.11

第 11 号当铺

城市的中心，高耸的玻璃商业大厦的顶楼，开设了一间当铺。

第 11 号当铺。

当铺内有一百人，全女班，在布置得极有品位的办公室里，忙碌地工作。办公室是米白色的，并非一般间板式的格局，而是国际大都会最先进的开放式装修，就连老板的大房间也是玻璃房，景观开扬，一百人的日常运作，全都一目了然。

米白色的地毯、沙发、书桌、座椅、文具、计算机，就算不开启冷气，这一天一地的米白，也造就了冰冷的感觉，这个办公室，有北极的气氛。

而那些来来往往的女子呢？她们全都身形纤巧修长，面容雅致，化淡妆。她们有些坐在计算机前工作，有些正与客户联络，当然也有些在办公室中走动。忙碌，专业，就如任何大都会中的能干女性。

稍为特别的地方是，她们穿制服，米白色连身裙，腰间系有米白色的腰带，脚上则是两吋①半的米白色高跟鞋。

她们的面部表情很少，无人欢笑，无人大声讲话，更无人会讲私人电话。每一分每一秒，她们都专注于当铺的工作。北极的白熊与南极的企鹅也有玩乐时候，但这班漂亮女人没有。她们像北极的冰柱，只是她们会行走。

当女人漂亮但却欠缺面部表情时，就显得诡异了。当一百个这样的女人走在一起，画面当然更诡异，明明是有血有肉的女人，却像是美丽的女机械人。

每天下午三时至七时，第一百零一个女人便会在第 11 号当铺出现，她与其他米白色的女人不相同，她是突出而受注目的。

她不穿米白色，她可以穿任何喜爱的颜色。她的身形很修长，有近乎完美的身材比例。有时候她的衣着很端庄，像一个高级行政人员；有时候则很神秘，像一个古堡女伯爵。而她最喜欢的打扮，则是带着 S/M 味道——上身是露出乳沟的 tube top②，脖子偶尔会缠上铁链，手腕上则戴上一圈又一圈窝上尖钉的皮圈，下身则是黑胶短裙与系上绳子的长靴。这种打扮，就算不手执皮鞭，也有一种冷血的威势。

今天，她便穿上一件黑色胶背心，下身是紧身胶裤加长靴，

---

① 即英寸，1 英寸约等于 2.5 厘米。
② 抹胸。

胶裤的侧边可以看见皮肤。再系上交叉绳子，这一设计让长腿的肌肤一览无遗，非常非常的性感，而且很具霸气。

当她由门口走进当铺的一刻，那一百个米白色的女人便毕恭毕敬，她们停止手头上的工作，谦卑地称呼一声："Mrs. Bee。"

Mrs. Bee 旁若无人地走过，仿如摩西渡过红海，既有气势又唯我独尊。米白色的女人一个个垂下头以示尊敬，她一边领受着众人的敬意，一边往前走，朝她的办公室方向走去。

"Mrs. Bee""Mrs. Bee""Mrs. Bee"……

"蜜蜂太太"之声响之不尽。她就是她们的蜂后。

当 Mrs. Bee 坐到那张雪白的云石桌面后，三个米白色的女人就走上前向她报告："那间第 8 号当铺的大客户孙卓刚刚获得第四次格林美音乐大奖，香港那边的老板对孙卓的命运操控得宜。"

Mrs. Bee 回应："韩诺一向运筹帷幄，只是那个阿精不像样。你替我留意着孙卓，如果她的气势稍跌，我们便向她招揽。"

第二个米白色女人说："这个月我们的生意额比上个月上升了百分之七点六，但纯利则下降了百分之十二。"

"原因？"Mrs. Bee 皱了皱眉。

米白色的女人便说："我们放了太多资金在 718946 和 865791 的身上。"

Mrs. Bee 叹了口气："是哪两个 client[①]？"

米白色的女人回话："是那个因小产失去儿子，想以丈夫的际遇换回儿子灵魂的 case；另外一个，是财团老板意图得到大生意的典当。"

Mrs. Bee 问："他用什么典当？"

"他用最深爱的嗜好高尔夫球运动作为典当，以后他听见 'golf' 这个词就心有余悸，更遑论踏足高尔夫球场。我们用了大额资金去制造这种恐惧症。"

Mrs. Bee 脸色稍微一变，便说："一宗小生意，运用大笔资金做什么？"说罢，朝那刚发言的米白色女人瞪了一眼。

这个米白色女人顷刻全身僵硬，面露惊惶之色。

当 Mrs. Bee 望向第三个米白色女人时，这个乖巧的女人便说："Mrs. Bee，十五分钟后有预约的客人。"

Mrs. Bee 问："今日有多少个 client？"

米白色女人说："就这一个。"

Mrs. Bee 目露凶光，"一个？"她拍一拍桌面，"叫 sales team[②]在我见客后开会！"

三个米白色女人面有难色地退下去。

忽然，Mrs. Bee 又截停她们，"还是不必了。"

下属朝她望去。

---

① 客户。
② 销售团队。

Mrs. Bee 冷笑说："开什么会？既然是废物，难道我要白养她们？"

大家已知不妙。

Mrs. Bee 继续说："请她们去游乐场。"

米白色女人各自屏息静气，她们隐藏着害怕的神色，遵照老板的吩咐到 sales team 把消息告知那十五人的小组。十五个女孩子全都脸色煞白，但又不敢反抗，只好互相对望，放下手头工作，随着引领她们而行的同事，走到升降机前，等待自动门开启，继而无奈地踏进。

这是十分惊栗的一种感受，在这第 11 号当铺上班的女人，没有人乘搭过升降机。

她们从来不用由地面上升到这顶楼，也从来未试过由这一层下降到地面。

这一百名员工，自有知觉开始，就出现在第 11 号当铺之内。

无意识地来了，从来不知去处，也但愿知觉永远留在第 11 号当铺，不用经历任何陌生又不可探知的事。

明不明白从来未曾乘搭过升降机的可怕？

而且，根本不知道，升降机是升或是降，目的地在哪一层。

升降机内有信号，横列的一排数字闪灯顺次由左至右闪动：一、二、三、四、五、六、七、八……一直到顶楼第八十八层。当闪灯停在第八十八层之时，众女还以为她们已到达目的地。可是，升降机的闪灯再次亮起，又由

八十八层一直向左闪，八十七、八十六、八十五、八十四、
八十三……

　　十五个米白色的女人在皱眉、冒汗、抖颤。命运无从自决。
也难怪，她们从来未曾乘搭过升降机。

　　自某一天开始，她们便没有记忆，每天在第 11 号当铺日
出而作，日落而息。有睡眠过吗？有用过餐吗？有回过家吗？
只知，每天有知觉之时，已身在第 11 号当铺工作。

　　眼看闪灯又降回第一层，以为升降机的门会开启，闪灯
却又忽然乱闪，升降机迅速回升。十五个女人都觉得有点站
不稳了，然后，升降机突然停下来，门打开。

　　传来了悦耳的音乐，"叮叮叮叮……叮……"

　　像八音盒中那些清脆童音。

　　升降机的门已全然开启，十五个米白色女人的眼前，是
一个童话天地，这里一切色彩缤纷，有旋转木马、秋千、摊
位游戏，还有奇幻小屋。音乐在响，木马转秋千摇，摊位游
戏上的彩色瓶子前后摆动，奇幻小屋的三个大门开开合合。

　　精致、可爱、梦幻一样的感受。然后，天空落下花瓣，
一片一片，带着微甜的香气。

　　十五个米白色女人，不由自主地露出笑靥。真是意想不到。

　　忽然，从奇幻小屋走出一头绵羊，雪白的绵羊朝那群女
人走去，走到一半却又折回奇幻小屋。女人看着，下意识地
跟着它走，鱼贯步入小屋内。

绵羊不见了。

十五个米白色女人全都坐下来。这是一个小型表演台，约有五十个座位，她们全坐到前两排去。在表演开始之前，她们心情兴奋，引颈以待。忘记了工作上的成绩欠佳，忘记了被驱赶进升降机的恐惧。

游乐场内的奇幻小屋是一个快乐的地方。

忽然，台上灯光一亮，射灯照向中央。没有魔术师，但有一个魔术大柜，原来它就是主角。

六呎①高的魔术大柜由四块长方形的木板组成，自动地在观众跟前拆分又组合。大柜在台上做出缓慢的三百六十度旋转，台上空无一人。然而，台下一位观众，做出单手掩胸的惊喜状，不知她看见什么，只见她兴奋莫名地笑着走到台上。

只有她一人看见，有人在台上请她走到台上。

女人很有兴致，朝台下观众挥手。

她走进大柜内，大柜便合上了，继而快速地旋转了两周。

当四块木板再度拆开时，刚才的女人已经消失了。

女人的失踪，引来台下一阵掌声与欢呼声。

在掌声之中，又有乍惊乍喜的脸孔，这次是两张脸，她们流露着被请上台的荣幸。

但谁是请她们上台的人？台上，根本无人。

---

① 即英尺，1 英尺约等于 0.3 米。

这两个女子，手牵着手，笑脸如蜜，比恋爱更幸福。

四块木板围着她们，两秒后再打开，她们便消失了，台下再次掌声雷动——

啪啪啪啪啪！

这样，十五个米白色女人陆陆续续走上台去，参加了一次又一次消失的魔术。

她们去了哪里？台下已经没有掌声和冀盼的目光了。

灯光也随即暗淡下来。奇幻小屋由色彩缤纷变成黑暗，而小屋外的游乐场也变得灰暗了，原本童话般的美丽，在游人消失后，一并淡化。

也没有八音盒的歌声，那清脆的叮铃声刹那间停止。

色彩变灰变暗，最后，甚至瓦解。这地方蒙了尘，缠了蜘蛛网，枯了的叶子随风而飘荡，空气中有一阵霉臭的气味。

奇幻小屋内那个舞台，漆黑一片，大柜的轮廓依旧，并没有在黑暗间消失。

如果，你能向上望，你会看到什么？

那十五个米白色女人往哪里去了？

就向上望吧。

舞台之上，原来是一片穹苍。

最贴近舞台的半空上，是十五个米白色女人的尸体，她们被吊死于舞台上，那垂下的帐幔，刚好遮掩了她们半吊的双脚。

大柜没有把她们变走，只是把她们带到一个出乎意料的半空。

真的出其不意！只要再向高一点点望去，便会看见更多的脚在半空吊下来，没有腐化，没有变成白骨，只是一条条胖瘦适中的腿，女性的修长小腿，在半空的不同层次中露了出来。数目之繁多，景色之壮观，仿如夜幕中闪烁的星星，成千上万，布满舞台之上神秘又见不得人的空间。

原来，消失的魔术的出口就在舞台的顶部。

Mrs. Bee 在顶层的办公室，舒舒服服地躺在贵妃椅上狂笑。

她把不顺眼的下属送到她的游乐场中，看见她们的下场，她便欣喜若狂了。把不合意的人送死，她便快乐。

Mrs. Bee 笑得很狂很狂，有为所欲为的快感。

"哈哈哈哈哈！"笑得天花乱坠，漂亮修长的手臂向半空摆了摆，然后又掩着嘴，妩媚娇俏。

笑了一会儿，她便说："你看，我差不多能与你相比。"

说的时候，双眼闪出狰狞奸邪的目光，向空气闪出一股意图沟通的信号。

忽然，Mrs. Bee 的表情骤变，她由妩媚邪恶变成精明内敛，姿态亦不一样。她坐得挺直，左手撑在大腿上，气派阳刚，眼睛望向刚才她躺下来的一端。

姿态仿佛已变成男人，而声音，也变成如男人一样。男声的 Mrs. Bee 说："是的，我为你骄傲，你早已是她们的主人。"

这一句说罢，Mrs. Bee 的头摇了摇，脸上表情变回女人应有的旖旎。她用女声说："啊，呀，你喜欢就好了。"

瞬间，又变回男人的表情和男人的声音，还加上男人的笑声："哈哈哈哈哈！"

男人在笑，时不时又混杂了一两声女人的娇笑。男与女混合的笑声，出自同一张面孔之上。Mrs. Bee 美丽的脸，复杂地交替混合男与女的表情，她一身二用，自己与自己沟通。

心情大好。她的残忍，得到了她所爱的男人的赞扬。她最想要的，也不过如此。

如果人死了而他不快乐，牺牲那么多人来做什么？从半空吊下来的一双一双玉腿，就会失去意义。

女魔术师的魔术，需留给最知心的人去观赏。

这些年来，Mrs. Bee 的岁月都靠这个男人和这个男声支撑着，有他，就有她。

女人的身体内，有最庞大的生存意志，那就是支配她的男人。

Mrs. Bee 妩媚地说："我希望你能多留片刻。"

男人表情迅速降临："大男人不能长久附在女人身上。"

Mr. Bee 笑说："那么你出来吧。"

男人的声音说："我们找一个时刻。"

Mrs. Bee 听着这约会的预告，表情显得愉悦。

继而，男人笑，女人应和着。

Mrs. Bee 问："你满意不满意？"

男人的语气变得强硬，Mrs. Bee 的皮肉表情严厉起来，"你岂能令我不满意！"

Mrs. Bee 瞪着眼，屏息静气。

忽然，她口中传来男人的笑声："哈哈哈哈哈！"

顷刻又变回女性化，"哈哈哈哈哈！"她急急赔笑。

没有任何事比令他不满意更可怕。刚才的一刻，心有余悸，"哈哈哈哈哈！"娇笑声掩饰着恐惧。

在她的笑声中，对话终止。Mrs. Bee 的脸上掠过不舍的神色，男人的表情已离她而去。她知道，她又回归孤独了——一个人一个心一个思维的孤独。

男人走了，来了之后又走，于是女人便舍不得。脸上流露着静止的阴冷神色。

她害怕他，更舍不得他。

把眼睛合上三秒，然后又把眼皮张开。他走了，一切重新归位。

她掠了掠长发，松了松肩膊的肌肉，继而随便地双手一拍，发出命令："见客！"

她坐着的那张贵妃椅便做出三百六十度的旋转，当旋转了一圈之后，重新呈现在大家眼前的 Mrs. Bee 已换了身上的衣着。比起刚才的一身打扮，现在这一套明显是行政人员的打扮：西装外套与长西裤，甚至连一把长发，也盘成大髻，稳重地靠在脑后。

办公室的房门被开启，Mrs. Bee 离开了贵妃椅，向前行，在灯光仍然未放尽之际，跟前便出现了一张长书台。她坐上另一张大班椅，双手放到书台上，手掌合拢，然后，房门就完全开启了。她便朝进内的人微笑，那种笑容，一看便知是生意人的笑容。Mrs. Bee 的心神归了位，她忘了把下属送死的快感，忘了被男人探访的愉悦。此刻，一心一意，她要做她的生意。

从房门走进来的是一名十七八岁的少女，衣着轻便，表情生硬，她是新客人，第一次来。

少女坐到 Mrs. Bee 跟前。Mrs. Bee 翻看靠在左边的记事簿，找到少女的名字，"Charlene Chan？"

少女点头，然后乖巧地称呼一句："Mrs. Bee。"

Mrs. Bee 欣喜地问："你已知道我的名字？"

少女说："接待的那位姐姐告诉了我。"

Mrs. Bee 问："Charlene，我们有什么可以帮到你？"

少女的眼珠溜了溜，礼貌地说："我的同学说，你们能助人达成心愿。"

Mrs. Bee 点了点头，流露着光明而诚恳的神情。

少女不期然非常放心，笑了笑，说："我看见了 Julianna 的父母不用破产，更意外地得到一笔横财，于是她父母送了她到美国读书。"

　　Mrs. Bee 也不介意领受功劳，她愉快地说："能够帮助她是我们的荣幸。"

　　少女的笑容纯真而灿烂，"于是 Julianna 告诉我，我有心愿的话，可以找你们——第 11 号当铺。"

　　Mrs. Bee 继续为她注入强心针，"我们不会令你失望。"

　　少女轻轻点头，告诉 Mrs. Bee："我希望公开考试合格。"

　　Mrs. Bee 问："就只是这样？"

　　少女点头。

　　Mrs. Bee 在心中盘算，这只是一宗小生意，实在太小了，于是提议，"最好可以科科有 A 级成绩。"

　　少女瞪着眼睛："可以吗？"

　　Mrs. Bee 扬起眉毛，眼神含笑，"还可以保证你进大学。"

　　少女喜出望外，"真的吗？"

　　Mrs. Bee 问："你想不想要？"

　　少女缓缓地摇头，"想也未想过。我读书成绩一向只是中下，我的愿望只是公开考试合格，为了令嫲嫲①开心。"

　　Mrs. Bee 听罢，便问："嫲嫲身体好吗？"

　　少女告诉她："她有糖尿病，身体不算好。"

　　Mrs. Bee 心中有数，"你放心，我们会保证你学业成绩优秀，除成为'十优状元'之外，在大学内也名列前茅。"

———————————————

① 粤地方言，指奶奶。

少女深深感动，俯身真诚地道谢："谢谢你啊！"

Mrs. Bee 的眼神放软，温柔地说："但你知道，我们是有条件的。"

少女明白地点头，"Julianna 说她答应你替她减寿，而我，也想以我的年寿来交换考试成绩。"

Mrs. Bee 的神色有点为难，"但你原本只要求公开考试合格；如今我们为你准备了康庄大道，要求就要合理地提高。"

少女紧张起来，"我可没有什么拿得出来。"

Mrs. Bee 体谅地说："我明白，你珍惜你的健康、爱情、四肢、内脏，你不希望用来交换。"

少女垂头，有点不好意思。

Mrs. Bee 便说："但不用怕，我们不会勉强客人。你所珍惜的一切，皆可以保留。"

少女又笑起来，流露出感激的表情。

Mrs. Bee 继续说："但是，一些你原本不珍惜的东西，我们希望拿走。"

少女望着她，还未懂得。

Mrs. Bee 说："我知道，班上的 Mable Wong 与 Gigi Yu 常常对你单单打打①，又说你坏话。"

少女缓缓地说："是的……不过……"

---

① 粤地方言，意指在你身边冷嘲热讽、指桑骂槐，假装与你无关，实则就是在说你，且故意让你知道。

Mrs. Bee 说：“我要拿走她们在未来十年的运气！”

少女反射性地问：“关她们什么事？”

Mrs. Bee 微笑，“是的，不关她们的事，但更不关你的事，你们根本不是朋友。”

少女迷惘起来：“但是……”

Mrs. Bee 引导她说：“那么就是敌人。”

少女缓缓地问：“这样做，好像很卑鄙。”

Mrs. Bee 大笑，“哈哈哈！”然后便说，“但薄待了她们，你的运气便会好转。”

Mrs. Bee 的目光明亮，目不转睛地望进少女的眼睛内。

她再说：“做人，首先要懂得为自己，以及铲除敌人。”

少女皱起眉头，“她们真是我的敌人吗？没有这样严重吧！”

“告诉你！”Mrs. Bee 把脸凑到少女的眼前，“那两个人，会在以后的日子里阻碍你，她们能够进大学，而你，一生成为她们取笑、看不起的话柄。”

少女的神色又惘然了。

Mrs. Bee 退后，吁出一口气，再说：“你不肯，我也没有办法，你的交易我帮不到你。”

少女着急起来：“不要！”

Mrs. Bee 又笑，“那么，你便要损人利己。”

“损人利己。”少女呢喃着重复。

Mrs. Bee 语带命令：“由今天起，你要牢记这一句。”

少女抬头望着 Mrs. Bee，说：“损人利己。”这一次，少女的眼神坚决，也有点阴冷。

她渐渐地信服起来。

第一次光顾当铺，她的灵魂便被收买了——预料之外地，不知不觉地。

第 11 号当铺的老板为她的客人灌输恶念。

Mrs. Bee 暗暗冷笑，她知道，只有这样，这个女孩在以后的日子，才会不断地来。

不肯用自己的珍宝来典当吗？不用怕，可以用人家的。

盗用了别人的青春、运气、爱情、事业、快乐、健康等来换取私欲。

第 11 号当铺如此鼓励客人。

少女的眼神渐渐近似 Mrs. Bee 的，她问：“那我该怎样做？”

“放心，”Mrs. Bee 报以一个亲善的微笑，“你毋需做出任何卑劣的行径。”

Mrs. Bee 拉开抽屉，拿出三个流行的卡通人物小襟针，在那分别是猫头、熊仔头、熊猫头的襟针下，都配有一句充满爱意的话：“You are mine forever.”

你永远是我的。

Mrs. Bee 告诉少女：“把这三个襟针送给 Mable Wong

和 Gigi Yu，让她们扣在日常所穿衣服或携带物件之上，你的责任便完成。"

少女把熊仔头的小襟针放到手心，念着她那一句话："You are mine forever."然后，有点不安，她问，"你的意思是……"

Mrs. Bee 便说："我招收她们成为新会员，我没收了她们未来十年的运气。"

少女呻吟："啊……"

Mrs. Bee 告诉她："然后，便保证了你的将来。你看，你的嫲嫲会多么为你感到骄傲！你真是孝顺女！"

少女眨了眨眼，深呼吸。

"即是说，"Mrs. Bee 替她总结，"你只用十年阳寿，便做出了超值的交易！"

"超值……"少女仰头又再吸一口气。

"是呀！为了替你达成孝顺的愿望。"

"我……"少女不知应否反悔。

Mrs. Bee 重复那一句话："损人，利己。"

少女就像着了魔一样，不停地摆着头，喃喃自语："损人……利己……"

Mrs. Bee 看着，知道也差不多了，便说："我们握手吧！"

Mrs. Bee 站起来，在少女跟前伸出她的纤长右手。少女看见那漂亮的手，也伸出她的手来，在一种有压力的心情下，与这当铺的老板达成协议。

双手一握。

然后，一切已无从后悔，只余下交托给当铺老板的单程路。

损人利己。

Mrs. Bee 放下少女的手，少女的表情显得僵硬。

Mrs. Bee 说："如果，你要愿望成真，不要忘记那些襟针。"

接下来，房门开启，一个米白色女人进来把少女带走，少女会被送往升降机前，重新返回地面，然后在踏出这幢大厦之后，回到现实的世界。如果她回头一望，便会发现，这幢大厦并不存在，第 11 号当铺，会神秘地隐没在不需要被探究的空间内。

余下日子，倘若她有不满意，又或是有投诉，也不能找着门路。第 11 号当铺，不会为没有利润之事开门，她会永远找不着它。除非，她另有愿望要达成，另有生命中的重点可以呈上典当。或者，另有损人利己的勾当与老板商量。

第 11 号当铺，作风决绝硬朗。货物出门，所有售后服务也欠奉。

第 11 号当铺，也擅长迫善为恶，偶尔也会迫良为娼。

如果每一间当铺都有特色的话，这一家，最著名于此。

少女在恍恍惚惚的情绪中离去。而完成了一宗生意的 Mrs. Bee，站了起来，离开大班椅，右手在空中一弹，香烟竟在手中出现，左手在空中一伸，打火机也跑出来了，这种小魔术，Mrs. Bee 无时无刻不在玩弄。

她点燃烟，吸了一口，表情有点冷。

Mrs. Bee 再吸一口烟，然后叫唤下属："明天有多少个预约？"

一个米白色女人蹑手蹑足走入房间，然后说："明天……没有。"

Mrs. Bee 不可置信地望向她，"没有？"

女人吓得身子微微缩向后。

第 11 号当铺一向生意不佳。因此，使用的旁门左道也最多。

Mrs. Bee 正要发脾气之际，房间外又走来了两个米白色女人，她们焦急地向 Mrs. Bee 汇报："有人闯上来。""是第 7 号当铺的人。""他们说是上头派来的！"

Mrs. Bee 走出房间，看见迎面而来的一群男人，他们由一盛年男人带领，随后的七个男人却是年纪老迈的。他们穿过米白色的办公室，显得格外突出，不独是因为他们是男人，而且，他们的衣着亦令他们轻易地排众而出。

走在前头的盛年男人头发染成蓝色，身上是充满"朋克味"的破皮革。外露的一双手臂上，都刺有文身，右边手臂的最上位置，有一小片玫瑰文身，而左边手臂上有三分之二的肌肤也是玫瑰图案，一朵朵红玫瑰在藤蔓上生长出来，有半开的，也有盛放的。玫瑰花田，在男人健壮的身躯上滋养生长。

这个男人长相英挺，目光如炬，气质有点妖邪。或许，受一身的玫瑰影响，非凡魅力中，透出诡异的能量磁场。

跟在他身后的七个老翁，皮皱肉松，头发脱落。有的走路时身子也挺不起来，另外，大肚腩的看上去便更滑稽。更出奇的是，这班老翁，与领着他们而行的男人品味一致，全部衣着前卫，充满妖邪的夜间街头气息，实在与品味简约利落的第 11 号当铺不搭。

Mrs. Bee 从未见过他们，看见他们一身奇装异服，而且七老八十，便更是面露不屑的神色。这样闯上来，又怪形怪相，她实在挤不出任何更有礼貌的表情，便朝那走在最前又最年轻的男人说："有何贵干？"

盛年的男人停下来，深深地望着 Mrs. Bee 的眼眸，男人的目光有一种慑人的力量。

Mrs. Bee 下意识地向后退了半分，瞬间，甚至对这样一种深邃的目光有点错愕。

Mrs. Bee 知道，来者不是泛泛之辈。

男人说："你这种女人，不适合做生意。经商之道，在乎手法明澄。"

外表妖邪的男人，在 Mrs. Bee 跟前第一次与她说道理。

Mrs. Bee 被他这么一说，心虚之余，眉头立刻皱起，她不甘示弱："胡乱说话，结果只有死路一条。"

盛年男人冷冷地弯起一边嘴角，说："死路？我与你半斤八两，甚至……我有你违抗不了的旨令。"

　　站在后面的一个模样怪诞的老翁递上一张纸，男人接过来，在 Mrs. Bee 眼前一扬，他说："我是公爵，奉命接管第 11 号当铺，从今以后，第 11 号当铺收归第 7 号当铺旗下。"

　　Mrs. Bee 朝那旨令望去，不用细看她也知道，这是真正由上头派下来的旨令。然而，她不肯屈服，"我的当铺就算要被接管，也不是被你这种不知所谓的人管。你看你，低级、无品味、三教九流……"然后，她向那些老翁打量，加了一句，"老而不……"

　　名字为公爵的男人却毫不动气，他只是再次深深地望着 Mrs. Bee 的眼睛，他像永远都能比别人多看见些什么。

　　公爵的目光一到，Mrs. Bee 唯有屏息静气，合上嘴巴，奇异地被一种迫不得已的气氛包围。

　　公爵笑着说："你的年岁只是被年轻的容貌所遮掩，说到'老'，这里所有人哪及得上你？百岁老人！"

　　Mrs. Bee 目光内有怒气，"这件事我要先跟上头交涉。"

　　公爵笑了两声，像听到笑话一样，然后才说："别以为与上面有关系便可以做蚀本生意。这种可笑的生意额，谁保得住你？"Mrs. Bee 意图反驳些什么之际，公爵又趋前说，"不是懂两道魔术就能瞒天过海。"

　　面对着仿佛把她看得一清二楚的人，Mrs. Bee 感到浑身不舒服，眉心锁得更紧了。

　　公爵又再笑了笑，表情宽容，"别说我不为你们打算，我接管了你们之后，这里所有员工数目不变，无人会被裁掉。"
继而，他故意笑得更灿烂，对着 Mrs. Bee 说，"包括你，我
是出名的宅心仁厚。"

Mrs. Bee 双眼微微眯起，然后又再张开，这一次，她的
语调明显缓慢起来，"但是，我是出名的不仁不义。"

她告诉眼前人："好，你要接管我们，我就要我这里的人，
全部给我去死！"

说罢，就冷冷一笑。她一个也不要留下给他。

Mrs. Bee 阴冷的表情凝在脸上，看到她这表情的，只有
公爵和他的手下。但是，有反应的不是有眼睛的人，随她的
阴冷而作出配合的，是那一百个米白色的女人。她们蓦地停
止了所有思想、动作，统统放下手中物件，像小学生那样，
乖乖地一个接一个列队，木无表情，双眼无神，分批走入升
降机内。

公爵知道 Mrs. Bee 有异，是故瞅了她一眼，公爵的眼神，
不屑之余，亦表明了他的不赞同。

Mrs. Bee 仰起她极美的侧脸，以她的魔术手变出香烟，
一碰上嘴唇，烟便燃亮了。这一次，甚至不必使用打火机。

在她吸了第一口烟之时，第 11 号当铺的玻璃外墙，有了
第一次的碰撞声，"砰！砰！"

公爵与他的手下朝声音望去，看到一幅奇异的画面，数
个米白色女人，由上而下跌坠，数个之后又是数个，连绵而下，

像一场雨。

女人在她们老板那无声的指使下，走往天台自杀。一批又一批，驯服地在 Mrs. Bee 与公爵眼前跳下来。

Mrs. Bee 微微一笑，优雅地吸她的烟，还喷出袅袅的轻烟，像幽魂一样曼妙。

公爵皱眉，他虽然不满意，然而语调仍然带笑，他对她说："别浪费你的雕虫小技。"

当 Mrs. Bee 把视线溜向公爵的脸上时，在那四目交投的一刻，Mrs. Bee 的神态顷刻便怔住，继而是愕然，然后是全身的僵硬。

她说不出话。

在公爵带着笑意的目光内，牵引了一股引力，这引力既温柔又强大，控制了跟前这个残酷不仁的女人。

公爵催眠着 Mrs. Bee。Mrs. Bee 领受着这股引力，心有不忿，但无从违抗。

她的冷酷，敌不过他的意志力。

公爵带笑说："命令你的下属停止跳楼。"

Mrs. Bee 无可奈何地叹了一口气，垂下手中的烟。然后，玻璃窗外不再出现往下跌坠的女人身影。

公爵说："接管你，你那么不情不愿，又迫下属去死，我也不想看见。不如，我们暂且合并，第 7 号当铺进驻你这间第 11 号当铺。"

公爵收了他那双催眠的眼神，等待她的首肯。

Mrs. Bee 重新掌握自己的能力后，并没有选择回答公爵的问题，在能力回归的一刻，她的头一摇，眼中闪出晶亮目光，手一摆，她与公爵便置身一个幻境之中。

他有他的催眠，她有她的幻术。

魔幻的玫瑰包围着她与他。公爵眼前一黑，那办公室的环境换成黑暗的四周，然后，他看见，刺在他身上的一大片玫瑰花，由平面变成立体，刹那间得到了生命，纷纷由他肌肤上冲出来，连花带刺地生长，他的肌肤变成了土地，土地上的玫瑰是牢笼，紧紧围困着他。

公爵在这片玫瑰中感到心寒，这是他生出来的牢笼，他困住了自己。玫瑰千朵，成了心魔。

自己困住了自己，他走不出去。

忘记了这是一个冷酷女人的幻术，公爵只感到在千朵玫瑰之下的压迫感。

出其不意，便堕进 Mrs. Bee 的幻术圈套。刚才公爵的催眠才占了上风，不消半个回合，Mrs. Bee 的幻术却又乘虚而入。

玫瑰笼牢内，公爵走不出来。怎走得出？

这玫瑰，诞生自他的生命。他自己才是元凶。

无助了，甚至是绝望。

Mrs. Bee 看到她的幻术成功了，于是阴冷无声地笑，头摇着，扬扬得意，而且不屑。从她的角度望去，既看不见玫瑰，也看不见牢笼，她只见公爵惊惶迷惘地上下顾盼，双手在空中探求，寻求出路。

她觉得这场免费哑剧很好看。

其他男人在这种境地下，或许会发怒、咆哮、使用暴力，统统都是为了从绝望中得到生机。而公爵自发性的下一步却显得毫不男性化，他在无助的困境中，选择了哭泣。

压力太大、环境不如意、面前的道路太暗，心中有一万吨要抒发出来的情绪，受困了，彷徨了，痛楚了，悲愤了，于是，他哭。

眼眶变红，他流下眼泪，玫瑰花笼中，有哭泣的他。

Mrs. Bee 正意图取笑他的眼泪，可是，当眼泪滑到公爵的下巴时，Mrs. Bee 便痛了，那疼痛的位置在心间。她痛得需要用手按着心房，腰也弯了，而且，脸色发青。

她不明白，她何以会心痛。敌人的眼泪居然征服了她。

幻术就此消失，胜负，从来出乎意料。

这两个人，各自赢了一点，又输了一点。半斤八两，出奇制胜。

公爵拭去脸上的泪，站直身子，他已一切安好。望着痛得蹲在地上的女人，他自己也预料不到，无意识的眼泪，竟在这回合战胜了她，真是无心之得。

Mrs. Bee 从苦痛中抬起头来，盯着他，说："了不起。"

公爵吸了一口气，既然暂且赢了，便不应浪费这机会，他说："一言为定，第 7 号当铺进驻第 11 号当铺，以后平分秋色。"

Mrs. Bee 感觉呼吸顺畅了一点，她喘着气回应："直至再定输赢。"

公爵无声地笑了笑，回应这女人的好战，说："看看鹿死谁手。"

Mrs. Bee 终于也能好好地站起来，说："如果最后你能赢我，我会毫不反抗让你接管我的当铺。"

公爵接下去："然后，我就是这里的主人。"

Mrs. Bee 微笑，"恐怕你最后只能成为奴隶，看看最后是谁不得好死。"

公爵说出最后一句，"那么，我们走着瞧。"

说罢，公爵与他的手下便往回走，他们转身离开这间即将会一分为二的当铺。

Mrs. Bee 望着公爵的背影，心想，这个男人其实并不难看，只是……

没有品味。

"哈！"她仰天尖笑了一声。

The Pawnshop No.7
第7号当铺

公爵办完公事后，便与他的七名手下返回第 7 号当铺。

在路上，那七个老翁都在七嘴八舌地谈论着刚才在第 11 号当铺的那一幕。"哗！那个女人多狠毒！""这种女人，早死早着啦！""她早已死掉了，如今要她死，又死不去！""不过那个女人身材不错！""喂！李老板，你会如何对付那个女人？"

公爵替他的七名手下命名为忠孝仁爱礼义廉，名字虽古老，但公爵就是喜欢其含义。见微知著，大概已了解到第 7 号当铺的老板是个怎样的人。

"喂！李老板！"

他们这样称呼他。公爵姓李，原名李志成，名字稳重、普通、传统。

公爵转头，摇头皱眉摆手，"放工时间，不说公事！"

而且那个女人有什么值得说值得想的？公爵的心内，是另一个女人的画面，他归心似箭。

一行八人，走进一家名为"沉鱼落雁"的茶庄，刚刚踏进那扇形门内，公爵便面露欢容，整个人了无牵挂，轻松自在。

"沉鱼落雁"就是第7号当铺的名字，这家当铺，表面上是家茶庄。

公爵走过茶庄大堂，他的伙计便对他说："李老板，考考你今天的天眼通！隔三呎看看我手心内的是什么茶。"

伙计张开手，内里是茶叶一撮，形态真的难以辨认。

公爵继续走着，没有停下来的意思，他只是说："放工时间，不要浪费脑力嘛！"然而多走两步，他还是忍不住说出答案，"冰清玉洁黄山毛峰！"

伙计满意了，他把茶叶放到鼻前，回应公爵一句："幸有冷香！"

另一名伙计则说："李老板百发百中！"

公爵笑意盈盈，一直步上二楼，他摩拳擦掌，一看而知是相会美人之态，他喃喃自语："茶叶有什么好猜？猜我美人在哪间厢房更有雅致！"

在步上二楼之时，公爵已听到音乐，毫无意外地，是 Duke Ellington[1]的爵士乐，这一首是 *Black and Tan Fantasy*。

Duke，就解作公爵。

---

[1] Duke Ellington，艾灵顿公爵，美国作曲家、钢琴家，爵士乐史上最有影响力的人物之一，代表作品有《黑色与棕色的幻想》(*Black and Tan Fantasy*)。

这一首曲子比较旧，是一九二八年的作品，那年代的录音有点刺耳，喇叭声尖而寒。

二楼有三个房间，并排在公爵跟前，他看看左又看看右，然后是中间，好像有点犹豫了，最后他决定由中间那一间步进，一边行一边说："美人……"

中间的房间却是空空如也。他的表情有点落空，他猜不中。爱着那个女人，心水就不清，因此，天眼不通。

背后传来一阵声音，公爵随着声音转头而看，笑容只有更灿烂。

从门上珠帘后走来的，是一名穿旗袍的女子，年有六十多岁，比公爵大上好一截。幸而面容秀雅，纵然青春不再，眼角亦有瞒不到别人的皱纹，唇旁有风霜，但姿容仍然俱佳，还配得上"沉鱼落雁"四字形容。她笑着迎向公爵，步履含蓄，双手手掌交叠身前，颇有闺秀风范。而那一身旗袍，款式是二十世纪二十年代末期那种海派剪裁，倒大袖，松身不收腰，长度为足踝以上三吋，质料为棉麻混合，色泽是湖水绿，上有淡淡白花，绲边细小，色调比布身略深半分。而脚上，则是小羊皮高跟鞋。

旗袍衬托着古老的爵士乐，有种破旧的纸醉金迷。

公爵看着她，双眼不能自制地溢满赞叹，他可以发誓，世上风光，无一处比得上眼前。纵然，这风光其实天天相见。

他上前拥抱她，"小玫。"声调内都是情深一片。

女子的名字是小玫，是公爵的爱妻，二人结合已有数十年。小玫容貌随年月流逝，公爵却没有。

旗袍的温婉娴雅被埋在男人的前卫和激情中。公爵的皮革与刺青，和他的年轻健壮，与妻子的古典雍容形成极端的对比。

他盛年，她迟暮，但他看不见。他的眼睛，从来只用来看风光，此刻，风光正明媚。

调和着他与她之间对比的，是背后的爵士乐。音乐，可中可西，可新可旧。音乐无界限，只有动听与不动听之分。

他用手抚摸着妻子的脸孔，深深地凝视妻子那晶亮如昔的眼睛，多了不起，无论是二十岁抑或六十岁，都是同一双眼睛。

公爵就叹气了。

"小玫，"他问她，"你猜我今天做了什么？"

小玫眼珠一溜，表情有三分娇俏，"莫非做成了大生意？"

公爵说："我去接管另一间当铺。"

"成功吗？"小玫关心地问。

公爵说："最后变成合并。"

小玫于是问："那你满意否？"

公爵静下来，他笑，然后说："怎会及得上此刻满意？"

小玫垂下眼睑，身子在丈夫怀中一软，侧向一旁，她带着羞意笑起来。

　　公爵的心随着妻子的动静而变得柔软，如世上最柔软的布料，像丝，像天鹅绒，像刚烘暖的棉，像一匹匹发光的绢。

　　他享受，他叹息，他发问："怎么穿回这件旗袍？"

　　小玫说："今天想穿松身一点的，这色泽也正好配衬碧螺春。今天，茶庄来了'吓煞人香'的碧螺春。"

　　公爵说："他们只告诉我有黄山毛峰。"

　　小玫轻轻地在公爵怀中挣扎离开，像只小猫儿。当成功了之后，她便笑着对丈夫说："泡给你喝。"

　　然后她转身，反手拖着他的手，走进这房间内更深处。那里有一张花梨木大台，床的设计很性感，像中国曾经流行的鸦片床，左右两边有长垫褥，中央则是木茶几。上面放的不是鸦片，而是一壶茶和一束玫瑰。

　　小玫坐到左边垫褥上，动手倒茶。公爵却没有坐到右边，他硬挤到妻子身后，热情地从后环抱妻子的腰，把脸枕到妻子的背上，呼吸着妻子的体香。神情，是迷样的陶醉。

　　小玫把一杯茶送到他鼻前，"来，小心烫。"

　　他接了，把茶送往鼻尖掠过，继而喝了一口，"很醉。"

　　小玫转过脸去，她的鼻尖碰上了公爵的鼻尖，"这碧螺春来得好，形如黄鸟之舌，鲜绿带油润，味香醇。"

　　公爵以嘴唇轻触小玫的唇，细语："不及你醇。"

　　小玫稍微向后缩，公爵只有抱得她更紧，他的左手伸到她的脖子上，替她解开领子上的海棠扣。

他轻轻说："有多久没给你做旗袍？过两天我为你做一件。"

说着之时，他眯起眼，呼吸也有点急。那碧螺春，好像真的会喝醉人。

公爵把小玫旗袍的扣子一颗一颗解开，胸前便露出了奶白色的西洋通花夹里，也看到了小玫乳房间的乳沟。

小玫流露出宁静祥和的笑容，她伸手拨弄公爵那染了蓝色的头发，对于丈夫的热情，她总显得无奈，她的渴求早变得很少，但是，她又甚少抗拒他。

公爵把小玫轻放到软垫上，旗袍的盘扣已全部解开，那半透明的通花夹里下，是妻子纤瘦但略呈暗哑的肌肤。这是六十多岁女人的肌肤，极力保养得宜，然而却避不过宇宙颁布下来的粗糙。那眼神只有二十岁，但肌肤却并不是。

公爵脱下他的皮革，露出了红色的一片。红色，不是肌肤有异，而是，那无边无际的玫瑰花刺青，由腰生长到胸前，再蔓延至背后和手臂上，玫瑰深红，在绿色的刺上盛放，燃烧他对她那耗不尽的爱意。

这爱意连绵在岁月之上，数十年前，数十年后，愈爱愈炽热。玫瑰贪求着旗袍下的优雅，激荡地，他爱死她。

这是一个十分特别的男人，他看不见女人的苍老。

他爱她，她便永远不会老。

然而，事实是，她的确老去了，他看不见，但她能看见。她是他的妻子，因此她没有遮掩她的胴体，但如果可以，但愿能够遮掩岁月。她抱着玫瑰花田下的健壮身躯，当年月渐远，她便愈来愈不安。

没有女人愿意在裸露之时给比下去。被其他女人比下去，不可以；被男人的健美比下去，也不可以。

公爵的永恒青春，压在她的日渐衰老之上，她所领受的爱意，包含着男人不明白的残忍。

男人以他的热情表明了他的终生不变，女人便在这热情中自惭形秽。她仍然能享受，但这享受中却有恼恨。

男人不明白。女人便闭上了眼。

男人的喘气声使玫瑰活生生起来，男人瑰丽无双。女人的眼角渗出了泪。

第7号当铺日夜充满着茶香，狮峰龙井的清幽、乌龙茶的桂香、大红袍的清逸、铁观音的兰花香、白毫银针的淡薄、祁门红的甜花香……混合在这神秘的空间内。小玫早已习惯了茶的味道，但有时候还是莞尔，倘若茶有助清醒头脑，因何这当铺内的所有脑筋都不灵光？仿佛是避世桃源之地，似乎都看不出真相。

或许，是这片茶香正中带邪，于是便教人混淆。这里，怎会没有魔法？

愈想愈悲凉。在玫瑰田中的爱意内，她跌堕在一个悲观的循环中。

爵士乐为这房间大大增添了性感。小玫但愿如音乐，因为音乐不会老。

　　不知为什么，在拥抱的温暖内，情绪便堕进谷底。控制不到……控制不到……迷离地，明明应该更幸福，可是却变成更悲哀。

　　唉……女人有女人的叹息，混进了乐韵中。

　　每一夜，二楼传来小号、萨克斯风、喇叭、钢琴和黑人女歌手的音乐，每一声音调，为这茶庄带来夜间的情调。

　　公爵在阁楼表达他的爱意，小玫则在爱情中胡思乱想。当铺内的其他人呢？他们轻盈地做着各自喜欢的事。

　　阿忠在他的房间内数着他那神奇的钞票，一沓钞票，他可以愈数愈多。许久许久之前，他穷得连吃的也没有，但今天，他要多少钱便可以数出多少钱，在金钱上，他享有了无限的幸福。

　　阿孝则在他的宿舍中与妻儿共聚，本来这并不怎么特别，只是，三十年前，阿孝的妻儿早已不在人世。公爵不想阿孝伤心，唤回了他妻儿的影像，让他可与妻儿有形无肉的影像一起生活，直至他对他们的思念终止那天。

　　阿仁是天王巨星，他的房间可随时变成一级演唱会的场地，至于观众，他希望有多少便多少。七十三岁的阿仁，外形肥胖，行动迟缓，但穿上那套钉满珠片的蓝色牛仔衫裤后，模仿猫王仍有七分相似。他心情好的时候便在舞台上高歌、弹吉他，狂野地挥动麦克风座，台下观众尖叫欢呼。阿仁得到了万众的爱戴。

阿爱喜欢旅行，他的房间有一道门，当门一打开，他便能与他的家人通往世界上任何一个角落，毋需乘坐令人窒息的长途飞机。世界上所有地方他都去过，但去完可以再去，只要他有心有力。

阿礼是电视迷，他的房间好比世上最先进的电视台控制室，四十部大电视包围着他，他爱看世界上任何一个电视节目，只要一声号令，便能如愿以偿。他的房间，令他感觉自己犹如电视界大亨。

阿义喜欢与女孩谈情说爱，本来以他六十八岁的尊容，认识女孩子有一定困难，然而在他的房间中，所有他梦想的对象也愿意与他花前月下。昨天才来了一名粤语片时代的女星，今天是前度香港小姐，明天他约了他的初恋情人，她虽然已出嫁，但仍然不介意回来看他。这些美人，全以一生中最具光芒的状态来与阿义相会，在她们心目中，世上有一位白马王子，就是第7号当铺中的阿义。

阿廉则最想做警察，但他一向有口吃，体质也瘦弱，跑半段路也会哮喘病发，因此他在年轻时投考不到，梦想落空了。他在房间内，摇身一变成了总警司，负责破解最高难度的案件。他指挥若定，正义凛然，肩负保障全城市民安危的责任。

在第7号当铺内，所有尽心尽力的员工都能达成任何梦想，这是公爵答应过他们的。他们跟随他，他便为他们达成愿望，四十年来，没有人曾经失望。

并不直接隶属当铺的茶庄伙计，生活也优游，他们可随意做自己爱做的事，只要能为这神秘的地方守秘密，生活便万事如意。因此，这些老伙计有的坐劳斯莱斯上班，有的常见报做名流，也有的养马、投资建筑高尔夫球场；然而实际上，他们是茶庄老伙计，每天泡茶研究茶艺，他们是小玫少女时代的旧相识，她把他们带在身边。

世上再没有一间公司有如此感动人心的福利。第7号当铺内，有最善待员工的老板，他让每个为当铺服务的人都梦想成真。

换了一首音乐，那是 Billie Holiday[①]的 *I Got It Bad and That Ain't Good*。黑人女人的声音，听得人心软了又软。

公爵在放下小玫之后，便让她倚着自己来说话，他如女人般，更享受的是这一刻。可以拥抱着爱人，回味诞生为人的最亲密触觉，他吻她的额角，望向她疲累的半开合的眼睛，他是无比心满意足，顿觉怀中人性感无比。

然后，就是情话绵绵。

公爵问小玫："你知不知道外国人流行一种治疗法？医生把人催眠，让他们回到前世又前世，然后治疗今世的苦难。"

----

① Billie Holida，比莉·霍利德，美国爵士歌手、作曲家。代表作品有《糟糕透了，一点也不好》(*I Got It Bad and That Ain't Good*)。

小玫压抑着她的忧郁，抖擞起精神。

她仰脸拱了拱丈夫的下巴，问："有那样的事吗？"

公爵说："有一个病人很害怕置身于窄小而封闭的空间，譬如升降机之内，她会有窒息的感觉。原来，在这个病人的数十次前生中，是埃及法老王的侍女，当法老王逝世之时，她被选中陪葬，被要求服下药物，然后活生生地被活埋，在那封闭的墓室中，她尝到了以后多次轮回也抵抗不了的恐惧。在接受治疗后，她便明白自己前生所受的苦，因此对升降机便少了抗拒感。"

小玫说："很不错嘛。"

公爵笑说："以后她不用再爬楼梯。"

小玫笑，"这个很重要。"

公爵又说："不如我们也去被催眠。"

小玫望了望他，"你很好奇？"

公爵说："我想知道为什么我们这样相爱。我们以往的生生世世可会是相爱而历尽劫难的情侣？因此今生被补偿，一次爱个够。"

公爵的声音温柔，小玫在感动中嘴唇微颤，在这动人的情景中，她哀伤起来。

公爵又说："这一生中，我最快乐的是得到你，没有任何东西比得上。"

小玫合上眼，眼眶发热。

公爵捧着她的脸，深深地望着她的眼睛，他说："我们永远不要分离，永不永不。"

小玫有点气虚力弱，也有点哽咽，"没有我，你还可以有世上任何一个女人。"

公爵微笑，带着恋人的梦幻，"你明不明白？我只想要你。"

他把妻子的脸埋于胸膛。他数十年来没间断地说出这些话，一晚又一晚，真心真意。他的爱如深海，小玫想要多深便有多深。

他抱着她，如同抱着一个愿望，他永远地珍而重之，小心翼翼。她便是他的愿望，他看着她的眼睛，便知道世间一切最美好的，已成真。

小玫睡去了，公爵轻抚她的脸，爱怜地轻轻放下她，为她盖被子，给她一个吻。然后，他走下床，回望床上的她，确保她睡了，他才再向前走。走到房间门前，他再回望多一次，那床上有他的瑰宝。

他没有能力不爱她，没有能力删减对她的爱。只是从床上分离，也如此依依。

当这里所有人都安睡时，只有公爵一个人不用睡。自二十多岁以后，他便未曾睡过，未曾衰老过，他有世人都向往的超级体能。

他走进他的裁衣房，要为小玫做一件新旗袍。这些年来，小玫的每一件衣服都出自他的双手。衣服是用来覆盖躯体的，他不容许她身上的衣服来自别人的双手，她的身体，只能被他一个人触碰，无论是直接抑或间接。他对待他的所爱，霸道而疯狂，然而又温柔无双。

裁衣房内有数百匹搜罗自世界各地的上好布料，用来给小玫做旗袍。怀旧的阴丹士林色布、印花绸、纱罗、香云纱、夏布、缎面起绒、丝、条格织物、印花棉……一匹匹搁在架上，他伸手拉下来，就如拉下一扇帘幕，在帘幕中，他穿梭着为妻子做出选择。

哪样的旗袍她穿得最美？要她华贵高傲，如上天派下来的女神。忽然，公爵又希望她神秘，神秘如宇宙最远也最美的一角，叫人盼望，但又叫人捉不到。

他挑选了一幅镂空的黑布料，黑色的一片，全是通心的玫瑰，玫瑰的中心，暗暗地闪着一抹瓦红，在玫瑰的连接上，又有不显眼的深紫。这幅不错，可以做一件低领偏襟的，衬蝴蝶盘形扣，绲边用浅香绲，夹里是深紫色的丝，缝上蕾丝花边。这样，镂空的黑色布料上，可以低调地透出幽深的紫色。

公爵画纸样：前裙片、后裙片、领位，裙衩要开得高。剪出纸样、裁布，然后坐到衣车跟前，缝纫机发出了起劲的节奏声。

公爵是资深旗袍师傅，他从为小玫做旗袍中得到深厚的乐趣。如果一个人要有嗜好，做旗袍就是他最重要的嗜好。

像这样的一件旗袍，两个晚上他便可以完工。

这夜，他专注地在缝纫机前工作，享受数小时的心无旁骛，集中精神完成一件愉快的事，可以减除再多的压力。然后，他望望窗外的月亮，知道是时候了，于是停下缝纫机，放下完成一半的工作，继而离开这个房间，步回寝室。

该没有错，他有经验，每次都很准时。他推开房门，脚步不愠不火，走到床前，便看见血水一片。

小玫气如游丝，印花床单上躺有脸色煞白的她，以及她割脉自杀的左手。血水染成的形状，也如花朵。

公爵拿来原本放在床边的丝巾，替小玫的手包扎，小玫脸上淌泪，眼神悲凄。

公爵也没有怎么激动，只是说："你很自私。"

小玫流泪的眼睛更凄凉。

公爵继续说："你明知我不能一个人活下去。"

小玫哽咽："我一日不死，他一日仍可威胁你。"

公爵说："我不怕他。"

小玫摇头，"我怕我自己。"

公爵抱着她的脸来亲，他的眼眶也红了，"别傻。"

小玫说："你看我，已比你年老那么多，就算我今日不死，迟早有一日也会死。"

公爵的目光坚定，望着前方，"我不会让你死。"

小玫凄苦地说："我不能拖累你。"

公爵仍然是这一句："你不能死。"

小玫静静地落泪，然后公爵知道，是时候说了："窗帘！谜底是窗帘！"

小玫一听，便目瞪口呆，眼泪不再流下，她被催眠了。

过去的日子，公爵说过汽车、电话、印刷机、芒果、美国、童年、圣诞大餐、考试、灯泡……他说过很多很多答案——谜底的答案。

"谜底是……"

小玫每逢听见这三个字，便不再激动。她入睡了。

公爵把她手腕上的丝巾解下来，俯头在渗出血水的伤口上深吻。

这一吻是长长的，像吸血僵尸亲吻着他所爱的女人那样。那个女人便在吻中被麻醉了，她半闭上眼，微微喘气，接下来，思想逐渐远去，她遗失了记忆，没有了知觉。

公爵放下她的手，小玫手腕上的割痕无影无踪。他轻拭唇上的血，把妻子抱往沙发上，然后便换上没有血渍的床单，床褥的表面有深浅不一的血渍，公爵考虑何时要换一张新的，通常平均每个月便要换一张新床褥。

铺了床单，他重新把小玫抱回床上，失去了知觉的她特别轻盈。他凝视她哭过的脸，轻轻触摸，他知道明早她醒来，就会忘记这一刻的忧伤，她甚至不会知道自己曾经自杀过，她会开开心心地做人。这个循环重复了十年——她自杀，他为她治疗伤口，然后到了翌晚，她的情绪又再陷入低潮，再一次想死掉。

她总说她拖累他，她总嫌自己老。公爵摇头，又用手指捏着鼻梁，他整张脸也在发酸，然后，痛哭的是他。

"你不会拖累我，你也不老。"

一整天，最心力交瘁是这一刻。

再刁难的客人，再不如意的事，也及不上这一刻的苦痛。他爱她，但她总想办法离开他。

"你很自私，你不能死。"他呜咽。

他是属于她的，她主宰他的生命。所以，她不能死。

她死了，他也不能活。

她的脸那么平静，她不知道她把他伤害得有多深。

他哭得面容扭曲，像个刚被大人遗弃的小孩，在不安全中深深地惊恐，不明白为何他依赖的人要遗弃他。

这样一个想着离他而去的女人，他不知怎样去留住。

他跪在她的床前，一直跪到天吐白。她自残，他为她的自残而惩罚自己。

恐惧每一晚都会重复，自十年前到如今。这是一个安排，有人知道，什么最能打败他。

这时分，当铺内的人仍未苏醒。公爵的哀伤渐过，他在小玫的床前站起来，确定了小玫无大碍，便走出寝室，沿路而上，三楼一整层是他的书房。

肉眼看有三千呎①，像图书馆那样充满藏书，一本并一本，以书脊示人，亦分门别类，天文、科学、哲学、历史、文学、宗教、生物、管理、休闲……以作者的笔画或英文名字次序排列。公爵在书架前擦身而过，一直向前走，最后，他的步行突破了三千呎的规限，明明那该是最后一步，再多一步便是墙身，但只要他欢喜，他可以任意多走许多步；每走一步，书房就自动伸长，新生出来的空间，便补添了公爵未看过的书本。

他需要知识，知识便为他增长。

这些年来，平均每两天他就看完一本书，他步过的范围，早已超过了三千呎。四千呎？五千呎？六千呎？他没有计算出来，就是愈行愈远。他渴望知识，他亦知道，他只有不断行这条路。只有知得愈多，最后，他才会赢。

公爵望着书架上的新书，今天，该看哪一本？这一本书说及与世上诸神沟通的方法，他拿下来翻了翻。书的主旨是，人心要正直纯正聪明，神明才会与他有感应；人要与神同一个程度，神才愿意眷顾人。另一本是一百个改造基因的可能，预言将来的人，在母体子宫内之时，就可以接受基因改造，从而培养出更优秀的人类。

有一本谈及恐惧，公爵看到标题便被吸引着。他翻开第

---

① 指平方英尺，1 平方英尺约等于 0.09 平方米。

一页，第一句说："恐惧，是最浪费力量的。"他的视线便停留在这一句之上。他知道，他要看这本书。

正打算捧着书继续看，抬头便看见一个人由书房的正门进入，那个人动作利落轻快，开门又关门。那个人身穿剪裁一流的西装，但没有结领带，他的黑皮鞋是擦得发亮的。那个人的发型修剪得刚刚好，而最好看的是他的笑容，永远神采过人，魅力无限。

这是一个极好看的男人，气度十足，眼神明亮含笑。他正步向公爵，用一种熟悉的神态朝他而行。

这个男人极好看，比公爵还要好看，因为他有一种胜利的气质；而这个男人，也是公爵。

西装公爵首先说话："哗！又看书！"他的表情蕴含赞扬，但公爵看上去，却察觉了他的不屑。

公爵把书合上，他说："最有力量的是知识。"

西装公爵微笑着回应："哲人的话，别以为有能力无所不知。"

公爵缓缓地说："我只是企图追上你。"

西装公爵听后感到兴奋，他转了一个圈，张开双手，动作富节奏感。他眯起眼又张开，露出一个愉快又带着鄙夷的笑容，他说："我还以为我买了一个奴隶，谁知我买了一个主人。"

说罢，自己哈哈大笑，向上仰的下巴，线条极优美。公爵从来没有留意自己有这样好看的下巴，他是望着他才看到。

公爵告诉跟前这个比他英俊又占了上风的同体男人："你叫我办的事我办了，我与第 11 号当铺合并。"

西装公爵斜眼看着他，右手潇洒地掠了掠额前的头发，"我觉得你没有按照我说的话去做啊！你倒做了好心。我以为你明白，我要你铲除她们。"

公爵说："我可怜那个女人。"

西装公爵摆了摆手，做出一个不赞同却又带点风骚的表情，"那种女人，早些消失也无人惋惜。"

公爵说："不必计较她的为人，要可怜的是她这个人。"

西装公爵皱着眉沉思，继而问："这是谁说的话？"

公爵告诉他："希腊哲学家亚里士多德。"

西装公爵夸张地恍然大悟，他说："我忘记了——我和他很熟络的。"

公爵说："放心，我很快会使她不能存在。"

西装公爵说："就是嘛！快点！我已厌倦了她！"他竖起食指，摇了摇，配合他似是而非、玩世不恭的表情，"厌得很！"活像世俗的花花公子玩厌一个女人。

公爵觉得有话一定要向他说，"请你为我做一件事。"

西装公爵随即把双臂用力向后伸，脸仰天又垂下，流露着那种假装的不耐烦，"都说，我是买了一个主人！"

公爵一直平静，他说出他的要求，"你不要再叫小玫自杀。"

西装公爵像是听到世上最出奇的话那样，他反问："我有叫过她自杀吗？"顿了顿，他就张开双手，瞪着眼说，"是她自己要死吧！"

公爵只是望着他。

西装公爵说："难道她厌倦了你？"说过后，又径自大笑，"哈哈哈！"笑声铿锵。

公爵心有怒气，但又不想发作。

西装公爵大笑后，便指着他的鼻子，问他："告诉我——"

公爵便等待着他说下去。

西装公爵说下去："谁的身上有一条腰带，腰带上写着'智者的智慧，将会被爱的欲望所偷去'。"

公爵回答他："爱神 Aphrodite①。"

西装公爵瞳孔张大，眉飞色舞，"答中了！"

公爵没作声。

西装公爵说："你是知道的。"

然后，西装公爵又问："告诉我——"他出题目，"古罗马哲人西塞罗说过什么有关爱情的话？"

公爵回答："人需要爱情，智慧再高的人也逃不过。但当人在爱情中，需要的却是智慧。"

西装公爵交叉双手，站于门前，围着公爵转了一圈，说：

---

① 阿芙洛狄忒（Aphrodite），希腊神话中的爱与美之神。

"你看你，你是知道的。"

公爵木无表情。

西装公爵停了下来，把鼻尖凑近他的耳畔，喷出一口冷空气，然后说："但知道是无用的，你要跟着来做！要不然，你凭什么超越我？"

当公爵把眼珠溜向西装公爵的脸上时，在四目交投的一刹，西装公爵又狂笑了。

他连续笑了很多声，继而向前一步，拍了拍公爵的肩膊。

公爵望着他的样子，看着他收敛狂笑，最后化成寒酷的阴冷，这张脸变得很白，白中透青。公爵坚定地望着这张脸上阴邪的双眼，看着这双眼褪色至透明，然后整张脸也在空气中逐渐隐没了。在差不多完全消失之际，这影像向前移，进入了公爵的血肉之躯，公爵的身一摇，已淡退得近乎无形的影像，才又从公爵背后走出来，消失了。

分明是故意穿过他的身体而行，显示了一种为所欲为。

公爵用手掩着脸，低叫了一声。

这姿势维持了许久。

原本想看的那本书早跌到地上，翻开的第一页的头一句仍然是："恐惧，是最浪费力量的。"

当脸由手心释放之后，他就抬起头，叹了一口气。

他设法联想一些轻松的事情，譬如，如果他仰起下巴笑，效果可会比那个自己更好。

他用手扫了扫下巴，仰脸向天大笑三声："哈哈哈！"

最后停在嘴角的，是苦笑。

他一直是恐惧的，然后，又加上愤怒。

一定要赢。输了只有更恐怖。

每天起床后，小玫的心情总是很好很好，所有的坏心情都在晚上释放了，晚上，很多梦。

她不曾记起梦境，也没有任何印象，甚至连迷惘也没有。只觉，精力充沛，又是一天新开始。

梳洗，薄施脂粉，挑选旗袍。今天，很想穿条子旗袍，有一件是紫色与灰色的条子，无袖，长度及膝，大方舒适。于是，便穿上了。脸上，不涂粉底，事实上，这十年八年，涂化妆品也不大贴服，涂润肤膏与胭脂刚刚好，但眼线一定要描，要不然便显得无神。

打扮好了，便到厨房拿早点、粥品、香茶。捧回楼上，公爵就在书房之内。夫妇俩相对而坐吃早餐。

公爵望着小玫，忽然说："我要吃花生！"

小玫笑，把花生喂进他的口中，公爵便眉开眼笑了。

他一手把妻子拉上前，拥她进怀中，说："你喂我，我又喂你。"他把粥送到她的唇边。

她送进嘴里，然后又推开他，"很幼稚，喂来喂去！"

他把妻子按在他的大腿上，"不准走。"

　　小玫瞄他一眼，便捧上茶盅，"小心烫。"她叮嘱。

　　他从她手中的茶盅中呷了一口，说："香茶香茶……"又在她颈旁哄了哄，"但也及不上你香。"

　　小玫轻拍他的胸膛，夫妇俩又鼻贴鼻了。

　　公爵问："告诉我，今天你会做什么？"

　　小玫说："给安老院送茶叶。"然后，她问，"你今晚想吃什么？"

　　公爵笑，他说："当然是吃你。"

　　小玫在他的大腿上扭着腰，一脸娇俏，"你真是很好色。"

　　公爵便说："看见你开心嘛。"

　　"咦……"她用手指拍打丈夫的唇。

　　"说真的……"公爵溜了溜眼珠，"我想吃五花腩。"说罢捏了捏小玫腰间的肉。

　　小玫反射性地说："这两星期都没有去运动，今天下午要去了。"然后就自言自语，"健身院中，我年纪最大。"

　　公爵接着说："但是你是最漂亮又最健美的。"

　　小玫凝视丈夫的眼睛，"你是盲的。"

　　"不，"公爵捉着妻子的手，吻了吻，"我最清楚什么是美丽。"

　　夫妇二人，四目交投，一切尽在不言中。

　　小玫叹了口气，继而说："猜谜时间到了。"

　　公爵坐直身子，"好。"

小玫说："请参赛者说出谜底。"

公爵想了想，"感冒药。"

小玫摇头，"又错了。"

公爵说："明天又猜过。"

小玫若有所思，"你昨天是不是说了窗帘？"

公爵一脸疑惑，"是吗？"

小玫迷惘起来，"我好像记得你说过窗帘。"

公爵反问她："窗帘是答案吗？"

小玫摇头。

公爵便说："那你理会窗帘做什么？"

小玫问："你是在我入睡后说过这两个字吗？"

公爵否认，"没有啊！"

小玫怀疑地望着他，然后说："明天要猜中！"

公爵又捉着她的手来吻，"明天一定猜中！"

小玫满意地离开丈夫的大腿，双脚站到地上。公爵看着妻子旗袍下的一双纤巧小腿和精致的鞋面，感觉无限依依。她那么美丽，他舍不得她走。就算只是走到楼下开始工作，他也不舍得。

谁能忍心把心中的美丽放走？

小玫一摆一摆地步离公爵眼前，他望着她的背影，随着她的步履，他的心一下又一下，既软且醉。

他的女人，每天早上心情开朗，晚上忧郁；两个不同形态，他无分彼此，都深爱。但如果可以让他选择，他还是喜欢早上的她多一点，他喜欢她快乐。

今天早上，第 7 号当铺要约见三个客人，是独立运作的最后三个，以后，便会在与第 11 号当铺合并后的第 14 号当铺中处理。

未与客人会面之前，公爵首先会向忠孝仁爱礼义廉七人作出每天必备的早晨训话，为一天工作揭开序幕。

忠孝仁爱礼义廉坐在品茗用的云石圆台旁，看着他们的李老板站在跟前说话，神情就像学生面对老师那样。

公爵说："大学之道……"

阿仁接下去："在明明德。"

然后阿义就说："李老板，我们听过了！"

公爵便说："所以，我们今天研究大学，这博大的学问中的另一句：'物有本末，事有终始。'"

大家便听下去。

公爵说："大家都知道，今天是第 7 号当铺营业的最后一个早上，由下午开始，我们便会与第 11 号当铺合并，成为第 14 号当铺。正所谓凡物都有本有末，有开始与终结，因此，我们不用难过，完结了，便有新开始。"

阿爱插话："但那婆娘很讨厌啊！"

阿孝接着说："我们以后要用什么态度去对她？"

公爵回答："我们要礼待她、欣赏她。"

众人就七嘴八舌："怎可能呀！""哪有人会礼待八婆！""找不到角度去欣赏啊！"

公爵流露着正气凛然的表情，他说："所以大学中有一句：'好而知其恶，恶而知其美。'意谓，喜爱一个人，就要知道他的缺点，而讨厌一个人之时，便要知道他的优点。天下间有这种修养的人太少了，因此我们反而要学懂，作为天下人的榜样。"

阿礼擦着下巴，说："那婆娘……有什么优点？"

阿忠说："身材好！"

其余六人和公爵都笑起来。

阿廉说："魔术手！"

当中有人露出男人好色的眼神，奸邪地笑，"魔术手……想起就知道很好啦！"

然后公爵径自数下去："她性格坚决、做事有拼劲、对所属单位忠心、衣着有品位、家居布置也出类拔萃，而且听说，她对爱情极忠诚专一，是执着的女子……"

阿仁忍不住说："李老板，你真是很欣赏她啊！"

公爵朝天花板的一角点点头，接下来对大家说："今天到此为止，明天我们继续研究大学之道。"

于是，七人便站起来，当中有人呢喃："说了几十年四书五经，都还未生厌……"

听到的人便偷偷地吃吃笑了。

公爵听得见，但他不介意，"学而时习之，不亦乐乎！"

大家恐防他没完没了要再说下去，因此四散得特别快。

小玫自屏风后探身出来，为丈夫捧上茶，却也不忘瞪他一眼："八股怪！"

公爵呷了口茶，然后说："你就是爱上我的为人正气！"

小玫指指他的蓝色头发，又指指他的刺青与皮革衣服，取笑他，"正气假装邪气！"

"工作所需！"他又一手把妻子拉近身边，轻轻一吻才放开。

小玫轻说："有客人了，工作吧！"

第一个客人是一名中年母亲，她告诉公爵，她的儿子患了绝症，她希望把自己的心肝脾肺肾典当出去，换取儿子的长寿。

公爵对她说："你的儿子会有八十岁寿命。"中年母亲听了很惊喜，当冷静下来后，她便问："你会要我以什么来交换？"

公爵说："你只要好好当一个称职的母亲便可以了。"

中年母亲禁不住张大了口。

公爵告诉她："今日敝铺转型，优惠酬宾。"

中年母亲连番道谢，热泪盈眶。

第二个客人是黑社会头子，他要求上天赐他的对头人一死。

他说："要死得自然！死得不明不白但又不像是人为的！总之要在这个星期内死！"

公爵面有难色，他说："敝铺的作风恐怕与先生你的要求有所出入。"

黑社会头子用力拍台子，然后大声说："你要几多钱？你说得出我付得起！"

公爵便告诉他："先生，我们的风格比较正气，我们只会帮人，不会杀人。"

黑社会头子发难了，"阿水叫我来，他说你们有求必应！"

公爵说："但有些典当敝铺是不接的。"

黑社会头子皱眉，"那你们做什么生意？"

公爵向他介绍："升学就业辅导，家宅风水平安，老幼身壮力健，夫妻合意和顺……"

黑社会头子不耐烦，呼喝一句："够了！够了！"他质问公爵，"你究竟接不接？"

公爵说："我可以介绍你去第 20 号当铺、第 84 号当铺，他们擅长接你这种个案。"

黑社会头子站起来，说了句粗话："他妈的！浪费我时间！"

公爵回赠他一句："冤冤相报何时了？"

黑社会头子猛地回头，大叫："还要与我讲道理！你老板……"

公爵笑意盈盈，"无错，在下的确姓李。"

黑社会头子正要再发难之际，公爵集中他的眼神，顷刻，他的眼睛内火光聚集，眼神逼人。黑社会头子看见了，先是一呆，其后失去了知觉，神情凝在脸上，冷冻了，胶住了，改变不了。

他被催眠了，失去了自我。

公爵指示他："去! 去! 走出门口去，当自己从来没有来过!"

男人木无表情，乖乖地别转身，行尸走肉般离开。公爵流露出嫌弃他的表情，不住地摇头，自言自语："居然不查清楚我们这间当铺是温情洋溢，重情重义的。要不得要不得。"

他摇头，然后又坐下来，等待今日的第三个客人。

第7号当铺的最后一个客人是这里的熟客，名字是三姐。三姐年约一百岁，但身壮力健，思路清晰，她在大学教学，学科是植物研究。她光顾当铺，要求的是二百岁寿命，是为了有足够时间去完成她的研究，她认为万物多变，而生命又总是太短。

她典当出来的是婚姻，因而一生也碰不上这机缘，但她不介意，她早已把生命的热情投放在研究之上。每一株欣欣向荣的植物，就是她生命中最灿烂的美钻。

健壮的三姐，无病无痛，但外形则垂垂老矣，一百岁老人的容貌，就是如此。

公爵问候三姐："三姐，身体好吗？"

三姐笑着回应："蒙李老板关照，三姐怎会身体不好？"

公爵便问："三姐，我有什么可以帮到你？"

三姐告诉他："李老板，你看我一身枯朽，萎靡不堪。我向你要求活两百岁之时，没有向你要求一副青春容貌，我不能想象，再过几十年，我会变成何模样。"

公爵点头，"明白了，三姐，我会给你不衰的容貌。"

三姐高兴地问："我可以要求那容貌的年华吗？"

公爵反问："有何不可？"

三姐便说："我要求一个三十岁的风姿。"说罢，脸上流露着向往的神色，"三十岁，不嫩又不衰，风华正茂，神韵动人。一旦我得回三十岁的风姿后，我便飞往美国，拓阔我的研究，开始更充实的人生。"

公爵却提醒她："三姐，但你要记着，你往后一百年还是没有婚姻的机缘。"

三姐笑起来，露出一排假牙："但我可以恋爱啊！哈哈哈！"笑声有点奸。

公爵亦陪她一起笑。

三姐问："需要什么典当物？"

公爵想了想，便说："我需要你有绝顶成功的研究成果，你的研究，当中必要有一项可以为世人带来大贡献。"

三姐完全接受，并且赞扬公爵："贵铺真是功德无量，天下间所有当铺，唯独李老板这一间真正造福人群。"

当公爵正在享受三姐的赞美时，三姐却说："请恕我多言。"

"请赐教。"

"倘若李老板可以把当铺发展惠及死后的灵魂，服务便更加圆满。"三姐提议。

"但凡光顾任何一间当铺，顾客也预料到灵魂终收归当铺所有，然而我听闻，某些当铺肆虐顾客的灵魂。如果李老板能照顾死者灵魂，令顾客多一份安心，相信贵宝号必定更生意兴隆。"

公爵忙不迭点头，"有道理有道理。"他顿了顿，正考虑好不好说出来。最后，他决定透露一丁点，"我也正着意朝那方向发展。"

三姐颔首，脸上充满赞许神色。

公爵说："三姐在离开当铺后便能如愿以偿。"

三姐呵呵笑："这么快啊！"

公爵说："你的花样年华正等着你。"

三姐站起来，扶着拐杖，走了两步，却又回头。

公爵正想问她何事，三姐便说："刚才我进来看见尊夫人。"她流露着不忍的目光："尊夫人的容颜已不比从前了。李老板，你何不帮妻子一个忙？"

公爵静默了片刻，继而轻叹一口气："但愿我能够。"

是的，他能为天下苍生达成心愿，却没能力为自己与妻

子达成一项微小的交易。同类型的交易他实行了千千万万次，
但对于他的妻子，他却无能为力。

CHAPTER ❸

The Pawnshop No.14
第 14 号当铺

下午，公爵与忠孝仁爱礼义廉七人到达新当铺工作。当他们走到第 11 号当铺的大厦前，公爵踏入大堂内，大厦外墙的招牌随即自动起了变化，由 11 变成 14，新的一页就这样展开。

升降机把他们送往顶层，当公爵与七名下属步出升降机时，他们所走过的每一吋地方，便随着他们的脚步变异。原本雪白的办公室布置，顿变成时尚的中国风味，与公爵原本的第 7 号当铺的风貌近似。

他与他的下属各自站在一隅，那属于他们的工作范围便变成他们的管辖地，家私变形，气氛也不一样，由简约主义变为混合中式屏风、花梨木台椅、织锦大咕呫①、莲花蓬吊灯、云石鱼缸……甚至地板也铺上了有型有格的黑白飞龙地毯。

就这样看上去，这间第 14 号当铺，一半是雪白的全女班，

---

① 咕呫，cushion 音译，即垫子、抱枕、枕头之类的物品。

人数仍然有一百人；另一半是全男班，人数则是八人。雪白有型摩登，与古色风貌，形成楚河汉界的两极，各据左右一方。

公爵与 Mrs. Bee 各自由自己的领域走向前，站到古色风味与简约雪白的界线上来，互相对视，有话要说。

公爵笑容满面，表情开怀，甚至有点风骚。

Mrs. Bee 冰冷如霜，神态是一贯的鄙视与嘲弄。

Mrs. Bee 先说话："我该给你一个什么职衔？"

公爵说："就那原本一个即可：李老板。而你，就不如贵为第 14 号当铺的 CEO。"

Mrs. Bee 冷笑一声说："CEO？我是堂堂老板一个，犯不着要任何虚名，我甚至不用下属叫我一声老板。不过，有一日你做了我的下属，如果你想，我是不介意尊称你一声老板——李老板，呵呵呵！"

公爵在笑，样子明显在"扮猪食老虎"，他说："不用太努力！你做不成老板，我也很高兴接收你这样一个活色生香的员工。"他的眼睛横扫 Mrs. Bee 身后那一百个米白色女人，又说："只是，到时候不知要不要精简人手，你们一百人也做不成一单生意。"

Mrs. Bee 摇头，并发出"啧啧"的声音，完全看不起眼前人，"你与你的老翁，真是极品，当铺有你们做生招牌，真是生色不少。"后又加上一句，"污糟邋遢，三教九流。"

公爵没动气，只说："Mrs. Bee 受西方教育，少读圣言，可能没有听过'以貌取人'这成语。"

Mrs. Bee 把脸侧起，眼珠斜斜溜向公爵，瞪了他一眼。

公爵说："'以貌取人'出自《史记》，战国四大公子《平原君虞卿列传》。"

Mrs. Bee 一听见《史记》二字，不禁皱眉。

公爵续说："食客毛遂，自荐为平原君效力，希望能与其他智人同到楚国说项……"

Mrs. Bee 皱眉后开始有点头痛，没想过有人要向她讲古。

公爵继续，"平原君经一番挑选，也不把毛遂放在眼内，皆因毛遂长得平庸，而且往绩平凡，未经人赏识……"

Mrs. Bee 苦着脸，头也痛起来，说不得笑，脑袋内嗡嗡作响。

"禁不起毛遂的自荐，平原君便与之出发往楚国去。一行二十人，伴着平原君与楚王商谈……"

Mrs. Bee 双手捧着头，痛得仪态也不顾了。

"由早上谈到中午，还是没有结果，毛遂便走到楚王跟前，拔出佩剑，以其三寸不烂之舌，表现他的才智……"

Mrs. Bee 忍不住呻吟，"够了……不要再说……"

公爵面有得意之色，昂首踱步，形如一介书生，"是毛遂把楚王说服，同意与赵国合作，联合对抗秦国……"

Mrs. Bee 头痛得弯下了腰，表情扭曲，"不要……不要再八股……"

"平原君事后承认他一直以貌取人是愚蠢的行为，毛遂一言，胜过万军。平原君于是拜毛遂为上客。"

公爵说罢，就站定对着 Mrs. Bee 咧嘴而笑。

当他说完了，Mrs. Bee 的头痛才停止，她仰起脸，脸色发青，额角冒汗。

上次被公爵的眼泪所破，今次又被他的八股所伤。

公爵一副看不惯的神色，"原来 Mrs. Bee 听不惯做人道理，那么以后便要多听了，免得一百岁也不懂得做人。"

Mrs. Bee 使劲地一挥手，吐出一个字："呸！"然后她说，"老套！食古不化！"说罢又伸手一扫，一团火焰随她的手势在公爵跟前燃起，公爵向后一缩，避开了。

"哗！不用杀人放火吧！"公爵回应。

Mrs. Bee 吁了一口气，掠了掠长发，收回心神，说："你少说道理！行动最实际，我们的比赛，要从今日开始。"

公爵态度大方，他准备迎战，"请说。"

Mrs. Bee 站在他跟前，二人差不多身贴身。

"进来第 14 号当铺的第一个客人，就是我们的竞争目标，谁能助他达成最完美的心愿，谁就能成为这当铺的唯一主人。"Mrs. Bee 眼神凌厉坚定，骄傲自信。

公爵也觉合理，于是耸耸肩。"接受。"他简单地说。

然后，在两个老板达成协议的一刻，这 14 号当铺的升降机打开来，第一个客人立刻出现。

大家屏息静气，朝门口方向望过去。

升降机的门已完全开启，公爵与 Mrs. Bee 发现事情与想象中有些出入。

"第一个"客人共有两位。

一男一女，手拖手的二人是一对情侣。

男人开口说话："我们……有没有找错地方？"

是 Mrs. Bee 首先专业地回话："欢迎你们光临第 14 号当铺。"

那一男一女相视而笑，笑容轻松而纯真，他们是真心相爱的情侣。

Mrs. Bee 与公爵也互望一眼，找寻一点默契。

公爵对那一男一女说："两位，请进内洽商。"说罢，做出了一个引路的姿势。

Mrs. Bee 不甘人后，她也在公爵的身前做出同一姿势。公爵与 Mrs. Bee 的手掌，伸向两间当铺之间的分界位置。只见随着他俩手掌的指引，一道光源直线溜走向前，光源走得极快，在尽处微微引爆，光源的中心，就照亮出一间堂皇的会议室。在这分界线区域，平分秋色，两边形势，没多也没少。

那双情侣看得呆了眼，然后，心情变得兴奋，女孩子甚至原地跳了半步，朝男朋友笑。他们知道：没来错；这地方，很神奇。

进入会议室后，公爵、Mrs. Bee 和一双情侣就座。公爵与 Mrs. Bee 坐在一起，面对着这双情侣，公爵跟前是女孩子，Mrs. Bee 跟前则是男孩子。

公爵说："欢迎你们光临第 14 号当铺。"

开朗的女孩子回话："我们，是别人介绍来的，我叫 Genie，我的男朋友叫阿申。"

Mrs. Bee 礼貌地点头，"Genie、阿申，两位好。"

公爵向他们介绍自己："小姓李，多多指教。"

阿申与 Genie 便说："李老板，您好！"说得齐齐整整。

Mrs. Bee 也说："而我，是另一位老板，Mrs. Bee。"

又是齐声一句："Mrs. Bee，您好！"

这是一双讨人欢心的情侣。

公爵问："不知我们有什么可以帮到两位？"

阿申便说："我们是希望得到幸福快乐。"

Genie 忙不迭点头。

Mrs. Bee 流露着令人信赖的表情，"这个，我们可以帮到你们。"

阿申握着 Genie 的手，而 Genie 则摇着手开心地笑。

公爵问："你们是否有特定的幸福快乐概念？"

小情侣对视而笑，然后，阿申便由背囊内拿出一个公文袋，内里是一份文件，他递给两位老板过目。

"这是我们的计划书。"文件的封面上有"我们的幸福快乐"一行大字。

Mrs. Bee 翻开来，望了望，内里是整齐的中文字，总共有八页纸。

阿申说："我们希望得到的幸福快乐，一早已有概念了，亦已计划好，希望你们能为我们达成。"

公爵望着阿申的眼睛，显然胸有成竹，"你们要金钱、美貌、名誉。"

Genie 的眼睛放光，"你未看便知道。"

Mrs. Bee 气定神闲地说："一般人想要的都是这些。"

客人未回话，公爵便继续说："你们计划要有三千万现金，另外山顶豪宅一层，二千四百呎；Genie 希望有陈慧琳的脸孔，张曼玉的身形；阿申想有刘德华的俊朗，Tom Cruise①的魅力；然后你们希望被亲朋戚友爱戴，无是非无闲话，永远受人尊重。"

Genie 张大口叫了一声，阿申则拍了拍椅边，说了句："厉害！完全是我们想要的细节！"

Mrs. Bee 瞄了瞄公爵，不愿服输的她伸出左手，顷刻，一团柔和的光就出现在她的手心。光芒内有阿申与 Genie 的形态动作，他们快乐地在豪宅内跑来跑去，又到名店购物，更与名人明星交朋结友，两人的衣着光鲜，漂亮有型。

看得阿申与 Genie 如痴如醉。计划书内就是这种平凡都

---

① 汤姆·克鲁斯，美国著名演员。

市人都想要的愿望：富足、光亮、无忧。

小情侣正探索着光芒内的世界之时，公爵与 Mrs. Bee 却心有灵犀，这一回，他俩甚至不需要四目交投，已知道接下来要说什么。

经验老到的当铺老板，知道如何使梦想高档化。就算客人满足于平庸，他们也不。

Mrs. Bee 收起手上光芒，当手心一合，她便说："但是……"

公爵接下去："我们可以给你们更美好的幸福快乐。"

小情侣四手紧握，兴奋莫名，"不会吧！""能有再幸福的人生吗？"

Mrs. Bee 流露出惋惜的表情，"你们构思的这一种……"

公爵说："像某某豪庭的人生……"

Mrs. Bee 说："根本就像楼盘广告一样没有品味。"

Genie 迷惘起来，而阿申则紧张地朝面前二人直瞪。

"所以，"公爵说，"我们会计划一套比你们想象中更幸福快乐的人生。"

"一切都在惊喜之外。让你们成为人中之杰，天之骄子！"Mrs. Bee 向他们甜美地笑。

Genie 的表情如堕梦中，"真有这回事吗？能有比我们想象中更美好的人生吗？"

公爵亲切地说："只要——你们相信我们这间当铺。"

阿申考虑片刻，"你们会有计划书给我们过目吗？"

公爵回答他："你们两位是我们的大客户，你们的将来，我们会从长计议。"

情侣的神色显得放心。

"但是，"Genie 忽然有点犹豫，"我们心目中有一个重点。"

"请说。"

她说："我们希望永结同心。"

阿申拥着 Genie 的肩膊点头。

Mrs. Bee 轻松地告诉他们："我们会把你们变成既相爱又登对的一双。"

Genie 吁了一口气，阿申则表示非常满意。

Mrs. Bee 说："给我们两天时间，后天同一时候，我们会把计划书呈上。"

阿申问："你们需要什么典当物？"

这一次，公爵与 Mrs. Bee 对望了一秒，然后，心神就相通起来。公爵告诉他："今次，会是最特别的一次交易。"

阿申与 Genie 神色凝重。

公爵继续说："典当物，你们不用担心，我们不会要求你们现在付出拥有的任何东西。"

Genie 问："什么也不要？"

公爵与 Mrs. Bee 一致摇头。

Genie 再问："四肢不要？内脏不要？年寿不要？运气

不要？"

两个老板再摇头。

阿申尝试再问得清楚一点："我们的父母、兄弟、朋友一概也不用牺牲？"

公爵与 Mrs. Bee 流露着肯定的神色。

阿申感叹："世间怎会有这样便宜的事！"

公爵说："你们的典当物，在将来就会知道。"

"不严重吧？" Genie 试探。

"你们付得起。"公爵答应他们。

小情侣表情迷惘，感到不知所措。

Mrs. Bee 说："你们回去想清楚。如果仍然想愿望达成，我们便在后天相见。"

阿申与 Genie 牵着手站起来，在满脑思绪中告辞。

升降机门开启了，他们进内，不发一言。升降机迷离地似有生命般带着他们往下走，直到升降机到达地面，他们的心情仍然那样沉重。在步出了这幢大厦，回头望的一刻，反而清醒过来。这幢大厦，在他们眼前淡退、消失、无影无踪。这是一个神奇的角落，信者，就魔力无限。

Genie 轻轻说："是真的。"

阿申望着这空空的泥地，喃喃说了句："后天我们再来吧。"

他们知道，时候到了，就会再看到这当铺；只要，在约定的一刻出现，信者就会有缘。

那一天，Genie 与阿申分别返回自己的家。经当铺一游，忽然心神散乱。说到底，凡人，只不过是凡人。

Genie 的家在一个狭小的公屋单位。说得真确一点，她的家在一张围有花布帘的双层床下格。这下格有音响、书本、衣服、相簿、化妆品，这就是 Genie 的世界。

而 Genie，你们知道这名字的意思吗？ Genie，是小神仙、小妖精，是有法力魔力的小东西，他们躲到玻璃瓶内，又飞到花丛间，细小，但自由。

Genie 的渴望，也不过如此。

某一天，Genie 听着美国女歌手 Christina Aguilera[①]的那首 *Genie in a Bottle*，她就决定以后改名叫 Genie，这个名字，像她。是一个被封在玻璃瓶内的小妖，法力无边，却施展不了。

何时才可恢复晶光四闪的真身？

可以吗？ 有一天就飞出这双层床，飞出布帘，重获自由。

她躺在床上，用毛巾被盖着自己，但觉身体有点冷。更有汗冒出来，是不是感冒了？

弟弟由双层床上格爬下来，抓起外套便往街上跑。弟弟很少留在家，事实上他无处可去，不读书不工作，只是游游

---

① 克里斯蒂娜·阿奎莱拉（Christina Aguilera），美国女歌手，代表作品有《瓶中精灵》（*Genie in a Bottle*）。

荡荡。但留在家，父亲会冷言冷语，母亲会不放他在眼内，不如跑上街好了。

"阿宜，不舒服吗？"是母亲的声音，然后，她揭开布帘探头打量 Genie。

"有点感冒，没什么。"她说，对母亲笑了笑。

母亲放下布帘，然后边走边说："今晚吃粥吧！"

Genie 叹一口气，她听见母亲在厨房张罗的声音。

她合上眼，尝试去睡。

她是平凡的女孩子，没什么悲惨的事发生过，也没什么幸运的事出现。就像所有不富裕的二十五岁女孩子，上班下班，拍拖，每个月给父母家用，如果有空，就盼望着一些美好的事情，譬如，一个漂亮的手袋，一次外地旅行。

愿望微小谦卑，思想善良单纯。

在床上翻了一个身，当然，她知道，如果可以有更了不起的事情，她会接受。

中学毕业之后，Genie 修读商科，完成课程了，便当会计文员，结识了刚大学毕业的阿申，他在同一间公司当营业主任。小情侣，相安无事，一拍拖便四年，为了存钱买房，两人都没有搬出来住，各自住在父母的家，过了一年又一年。

Genie 喜欢阿申，因为阿申没什么不好。他开朗、积极、心肠好，也很照顾 Genie，他的月薪只比 Genie 多五千元，但他会给 Genie 两千元作零用。他常说，如果有一天他发达了，他会给她很多钱。

　　Genie 听了很开心，而她亦相信阿申会这样做，因为他是这种男人。

　　有时候，她会想，她是很爱阿申的，能成为一对，不爱就太浪费了。关系有高潮低潮，但无论高潮低潮，她从没想过要分开。

　　Genie 长得不错，但不算十分出众，一切都是刚刚好。当然，她有梦想过得到一个富有的男朋友，但她又下意识知道，论真心的话，不会有人及得上阿申。Genie 尝试过当兼职模特儿，为了钱，也为了过些多姿多彩的生活。只是，三年了，也只不过拍了两个广告，街上没有人把她认出，也认识不到什么人。

　　慢慢，她便明白，以后一生也不过如此。平凡，简单，预料之中。

　　她知道名牌手袋有多漂亮，她也存钱买过一个；也知道外国的音乐剧有多高尚，她也订过票看 *The Phantom of the Opera* ①。她很享受，也明白这种享受是由衷的。只是，她更清楚，人生中的奢华，充其量，就只是这么多。

　　看报纸，有钱人有他们的生活，Genie 感叹、羡慕。然

---

①《歌剧魅影》(*The Phantom of the Opera*)，是音乐剧大师安德鲁·劳埃德·韦伯的代表作之一。

后又放下报纸，走到办公室楼下排队购买盒饭。

她生活在现实世界中，而且，也习惯了。

只拍过一次拖，对象就是阿申。阿申很好，他说买房，因此，她也很节俭。她准备嫁给他，顺理成章，是最正常妥当的结局。

后来，阿申说，买股票可以赚多点钱，Genie 不懂这些，但听阿申说得头头是道，因此，她拿了她的十万元积蓄，与阿申合资买股票。她的理想是赚一倍，然后去欧洲购物。一次，只做一次人上人，已经满足。

起初，股票升了少许，但很快便大跌了，科技股嘛。Genie 血本无归，阿申亦一样。

阿申说："对不起，我无用。"说完，就哭起来。

Genie 抱着他，说了一句："不是的，只是我们天生不是有钱人，我们只是不好命。"

她没有怪责男朋友，怪什么？全香港市民也一起受同样的苦。她只怪命中注定平庸。

平庸、没有惊喜、没有运气、受掣肘。

命运，是主人。注定生生世世，营营役役，做升斗小蚁民。

可不可以抵抗这主人？ Genie 反复想了很多遍，她发现，是不能够的。是这样就是这样。

继续谦卑地生活，一切从头开始。但奇怪地，Genie 没有更省俭过日子，照样吃喝，心安理得，要细算的话，更比以往多用一些钱。忽然惊觉那么节俭又有何用？不如吞掉它好了。财富，她没有；辛苦存下来的，最后也没有。用掉它，反而更安心。

没有与阿申再提起结婚，买房更是咒语，千万别说出来。打击了士气，感情好像淡了一点点。阿申说过一次："不如我们租一个房子，搬出来住。"Genie 不是不想，只是，没有兴致。

有一晚，不知是否月圆的关系，情绪很波动，她在看不见月亮的双层床下格，哭了又哭。

人生，究竟有什么希望?

一次，Genie 陪女同事买鞋，买一双名贵的鞋子。女同事的丈夫近月赚了一笔，家用以倍数递增，因此，买东西便可以随心所欲。她们看了多本时装杂志，研究出心目中 dream shoes[①] 的模样，然后，那女同事便向一生中第一双五千元以上的鞋子进军。

那是一双紫色的鞋子，三吋鞋跟，鞋尖密封，后跟是蝴蝶结设计，质料是矜贵美丽的绢。捧在手中，已觉得精巧无双，穿进去，才知……

"天啊!"

女同事流露出欲仙欲死的表情。

Genie 好奇，她捧起另一只鞋子放到眼前，看了一会，便脱下脚上那三百元的鞋子，穿进这美丽的鞋子之内。

---

① 梦想之鞋。

然后，她便静默了。

女同事望着她，"还可以吗？"

她没作声。半分钟后，她的眼眶红起来，没有忍着泪的意思，她哭了。眉心皱起，嘟着嘴，五官扭曲，她无声地流下悲怆的泪。悲苦。

从不知道，世上竟有这样一种感受：清凉、温柔、安全、可靠、愉快……还有，名贵，全部来自一只考究漂亮的上等鞋子。

第一次尝到，便知道人生的缺失实在太多。

为什么，做人卑微得会为了享受一只鞋所带来的矜贵而痛哭。

Genie 为她的人生而哀恸。

她没有告诉阿申她这次试鞋的感受，这感觉是私人的，她不懂得表达出来，只知道，试过了美好，日子反而有点沉郁。脚上，仍然是硬邦邦的廉价鞋子，不刮脚，也不老套，只是没有感动。

过了数个月，一天，阿申对 Genie 说："昨晚，我遇上一个神婆。"

他俩吃着酒楼的火锅，Genie 夹着一根菜，抬头问："神婆？"

阿申喝了些啤酒，说："阿康想问爱情，他的旧同学介绍他去一个小商场的店铺找一个神婆，我也跟着去。"

"神婆很老的吗？"Genie 问。

阿申笑起来："很年轻。"

Genie 拍打了他一下，"别看上别人！"

阿申又笑，"她说了很玄的事。"

"阿康会有三个老婆？"

阿申摇头，"她说了我的事。"

"你？"Genie 留心起来。

"还有你。"阿申望着 Genie。

Genie 放下筷子，疑惑地望着男朋友。

阿申说："神婆说，如果我和女朋友愿意典当一些东西，我们会富甲一方，要风得风，要雨得雨。"

Genie 微微地张开口，这种预言太意外了。

阿申继续说："于是我请她解释，她却只是告诉我，她看见的是一个可能性，至于会否发生，则看我们的决定。"

"什么决定？"

"神婆说，我可以与你去找她。"

Genie 喝了口汽水，便问："她在什么情形下对你说这话？"

阿申告诉她："她在替阿康看塔罗牌时，忽然停下来，望着我，然后对我说。"

Genie 结论："很邪。"

阿申喝啤酒，静默地，他同意。

　　在那个晚上，Genie 与阿申断断续续把神婆的说话研究下去，他们都很有兴趣。"你认为她是信口开河吗？""她的表情好像蛮认真。""她有多少功力？""她对阿康的推算很准，她看得出阿康喜欢的女孩子是内地人，以及那个女孩子的家境、外形与品行。"

　　Genie 就不作声了。

　　"所以……"阿申也说不下去。

　　Genie 在街上站定，抬头望向阿申，"我们去找她吧！"

　　阿申微笑，点头，给女朋友一个拥抱。

　　街上人来人往，这双拥抱的恋人在这一角停留，埋葬在对方的体温之中，天地之大，唯有怀内的身体是可靠的、熟悉的，能够容纳别人不明白的秘密。恋人作出了决定，加深了默契，从阿申怀中抬起头来，四目交投，Genie 知道，她与他，会走前多一步。

　　过了一天，Genie 和阿申便坐到那年轻的神婆前。神婆短头发，轮廓清雅，穿 T 恤牛仔裤，年纪二十七八岁。不见目光炯炯，只是，亦没什么笑容。

　　她瞪着 Genie，看了大约一分钟。

　　Genie 不怕她，她直言："阿申说，你看见我们将来很风光。"

　　神婆这才微微一笑，"要多风光有多风光。"

　　Genie 与阿申互望一眼，因为神婆这一句话，他们放心下来，听到光明前途，当下就无所恐惧，两个人的表情变得明亮开朗。

"上次，你说过要我们典当一些东西。"阿申问。

神婆告诉他们："那是一间当铺。"

"当铺？"两人异口同声说。

神婆又说："其实，也不只有一间，我听过不同的版本。而我知道的那一间，有这样一幅地图。"

神婆在白纸上画出简单的路线图来，"你们可以乘搭小巴或出租车，然后步行两分钟。"

Genie 惊异地感叹："比去电影院更方便。"

神婆笑了笑。

阿申意图问清楚："你说那是一间当铺，即是一种交换的交易，我们把一些东西典当出去，然后又换回另外一些。"

神婆点头。

Genie 与阿申心中有数。

阿申问："可否告诉我们，你究竟看到些什么？"

神婆收起笑容，翻出一张塔罗牌，她盯着那牌面，集中精神。

"你们……光顾那间当铺，然后，在金钱、外貌、名誉方面都有极大的改变……你们的生活，从此不一样。"

说罢，又从屏息静气中松弛下来，神婆用力吸了一口气。

Genie 看到那牌面，那是一张"情人"牌，她问："这张牌有个别意义吗？”

神婆回答她：“这张‘情人’牌，代表的是一个抉择，你们面临这一个抉择。”

Genie呢喃：“去，抑或不去。”

神婆没作声。

然后，阿申问：“那你，典当了什么？换取了什么？”

神婆告诉他们：“我用我年老之后的神志，换取我强大的第六感与异能。”

Genie与阿申都不其然打了个寒战。面前这个女人，居然愿意老年时候失去神志，也要在现在当神婆。看她的收费，不停地干也不会发达，这种典当交换，值得吗？

神婆仿佛看到了他们的思想，她没有恼怒，仍然神态随和，“这是我的梦想。”

Genie与阿申不敢多言。是的，谁能批评别人的梦想？

那一夜，Genie与阿申由尖沙咀步行至旺角，一大段路上，他俩也无话。

并不是思考些什么，而是，受了冲击，脑袋真空一片，反而无能力思考。

是有点累了，Genie才说第一句：“我猜，那一次嘉嘉撞上邪异物体后，心情也与我们差不多。”

阿申说：“我们比较困难，我们是主动的，要决定做抑或不做。撞邪那么被动，根本无烦恼。”

Genie 觉得有道理，是故没有再说下去，两人又再沉默。

阿申送了 Genie 回家。她沐浴更衣，钻到她的双层床下格，平躺下来，张开眼，望到的是上格的床板。她忽然笑了两声，这块木板，就是她的一片天。每个人都有一片天在头上，她的一片天，就是这块木板。

尝试去睡又不能入睡，辗转了半小时，然后她决定爬起来，致电阿申。她有点一鼓作气地说："阿申，我们去光顾那间当铺吧！"

阿申说："我不知道。"

Genie 说："去吧，那会是我们唯一的希望。"

阿申叫她去睡，翌日见面才说，大家便挂了线。

阿申的家庭环境比较好，他的父母到目前为止也有工作，一兄一姊婚后搬出去了，他可以独占一个房间。

但一个男人的理想不只是一个房间那样简单，他想要多一点、辉煌一点、气势磅礴一点。

如何才可以做得到？大学毕业，正正常常地打份工，两年可以升半级，加百分之五的薪金，这种生活，怎样才可以有气势？

现实，令男人失去男人味。

最有勇气的一次，是把积蓄拿出来投资股票。那种心情，可以媲美赌神。当他签字授权经纪作出买卖决定时，他的眼神充满力量，他的心情很激动，自觉正做着男人该做的事。

男人该有大志，男人该冒险。

二十八岁了，只去过一次欧洲，是大学暑假时参加的背囊团。他喜欢欧洲，喜欢有品位的风雅之物，喜欢享受。他曾经想过，要是将来有钱了，便坐头等舱位去欧洲，然后给身边的女人一张信用卡，让她大买特买。真是充满男人的气概。

他想令自己的生活像样一点，也想令 Genie 的日子风光一点，他想好好照顾她。

他想做一个好男人，一个好男朋友。这种想法，令他的心情持续澎湃。

他甚至想过再修读一个学位，他小时候的梦想是做建筑师——有型、有品位、高尚、受人尊重。

有钱，就不用为口奔波；有钱，就可以达成梦想。

然后，不出一个月，他的投资就泡汤了，Genie 跟着他一同投资，当然就一起泡汤。什么梦想也没有，连男子气概也一并失去。什么也没有了，他当下就哭起来。

泄了气，受了打击，怪责自己蠢，不能原谅自己。

垂头丧气。

充满志气的日子，前后只有数十天。人生，把他打压下来。从来，人生，未让他作过主。

阿申完全明白，什么是无力感。

Genie 没说什么，但他觉得，她心底里一定恨他无用。阿申双手掩着脸，有那么一刻，他想跳楼自杀。

那就是他一辈子最冒险的日子，也同样是最坏的日子。

他在房间的单人床上，双手往头皮上抓了又抓，沙沙作响，仿佛在叫着一个"钱"字。

钱钱钱钱钱。

连带而来的是出人头地、受人尊重、自我价值、生存意义、今非昔比。

还有，幸福快乐。

他急急翻了个身，他统统都想要。

人生，是该有愿望的。

股票挫败那种心情，只要一合上眼，他就能巨细无遗、由浅入深地忆起，记忆犹新，历历在目。

如果，希望幸福快乐，生活如意，似乎，只有那么一个神奇的办法。

怀着这个念头，他半梦半醒地合上眼去。

这就是 Genie 与阿申最费煞思量的一夜，他们考虑着同一件事。

翌日，他俩在办公室中碰面。由于大家昨天晚上都没有好好地睡，所以双眼通红，眼眶暗淡，然而，精神状态却不差，心情兴奋嘛！

Genie 望着阿申，目光充满希冀。

阿申说："我有一个提议。"

Genie 静静听下去。

"我们计划好我们的人生理想，才去光顾当铺。"阿申说。

Genie 先是怔怔的，然后便感动了。她喜欢这样子的阿申，他与她志同道合，而且还有指引她的本事。

她情不自禁地投进他的怀中，眼角渗出一点泪。

恋人，有了旁人入侵不了的亲密；恋人，有他们的秘密计划。

他们商量将来的大计，说出一些平实小梦想，譬如要住豪宅。但何谓豪宅？不外是搭车时经过半山的那些大厦单位。何谓富有？他们想来想去，要一亿就太多，好像太贪心，不如数千万好了。他们认为，钱太多，不知怎去运用。

美貌？ Genie 想要光泽润滑的皮肤，黑眼圈消失。阿申要一个不掉头发的保障。他们怕一下子太明艳照人，大家会认不出对方。

Genie 说："我们要求美貌，也可以确保我们不会因为对方貌丑而厌恶起来。"

阿申听了，有点感动，他轻抚 Genie 的脸。

名誉？他们都怕办公室的是非，亦不喜欢亲戚间的闲话，以后不要听到就好了。

而最终，他们决定，一切适可而止。不要贪心，他们怕典当不起。

凭什么要大富大贵？他们没打算作出大牺牲。

阿申说："我们不要小孩，这一种典当他们会不会嫌太便宜？"

Genie 瞪大眼，"但我根本不打算生育！"

想来想去，也不知可以典当些什么。因此，他们决定任由负责人作主。

写计划书的过程很愉快，无压力，只像把心愿写在纸上一般从容。吐露梦想，当然是快乐的。

但觉前途无限光明，Genie 常常笑，添了孩子气。逛街之时，也放胆看一些名贵点的衣服，对着漂亮昂贵的东西，不再心怯，也居然有了感应。将来，很快，就有机会穿在身上，就会一一拥有。

他们把计划书反复看了很多遍，修改又修改。最后，Genie 总结："我们光顾这间当铺，也是为了有美好的人生。但是如果我们不相爱，人生就不会美好了。"

阿申听罢，就握着她的小手，抿抿嘴，点头，同意了，"心心相印。我们要那些人确定这是我们的宗旨。"

他说了这一句，她就很快乐了，她搂着他，望着他的眼睛，就这样，一切都安心。

计划书的封面上，有一行深色大字："我们的幸福快乐"。那一天，阿申与 Genie，就是带着这样一种期望着幸福快乐的心情，走到当铺与老板见面的。而意料之外，他们是当铺转型后的第一双客人。

当 Genie 与阿申再一次坐到公爵与 Mrs. Bee 跟前时，他俩的心意已决。小情侣紧紧握着手，纯真地等待命运的变异。

Mrs. Bee 温柔地问他们："怎么了？心情很兴奋吧！"

Genie 不住地点头，而阿申则说："你们为我们准备好的建议呢？"

公爵告诉他："我们，决定把你们分开。"

小情侣惊愕地互望一眼，正要说出一个"不"字之时，公爵与 Mrs. Bee 却又哈哈大笑，笑得有点奸邪，也有点开怀。

Mrs. Bee 说："你们放心。"

公爵说："我们只是分开栽培你们，但你们仍然是一对恩爱的情侣。"

Genie 与阿申便吁了一口气。

公爵说："我负责照顾 Genie。"

Mrs. Bee 则告诉阿申："我栽培的是阿申。"

Genie 疑惑："为什么要一人一个？"

公爵说："因为，你们是我们的大 project。"

Mrs. Bee 说："只许成功不许失败。因此，一人照顾一个，服务十分贴身。"

服务够贴身。听上去很顺耳，于是 Genie 与阿申便没那样抗拒。

"那么……" Genie 想说点什么之时，公爵便猜到了，"那么，有关典当物……"他替她说出来。

Genie 与阿申瞪着眼。上回公爵说，那会是一件将来的事，他俩想问清楚。

Mrs. Bee 也狐疑地望向公爵，事实上，他们没有商量过。

公爵望了望 Mrs. Bee，Mrs. Bee 明白他的意思，便说："随便吧，你知道，这宗生意，我们看重的不是客人的报酬。"

Genie 与阿申把眼瞪得更大。

公爵先向 Mrs. Bee 点了点头，然后向客人解释："这单生意，为的是擦亮招牌。"他顿了一顿，然后说，"所以典当之物，是在你们都成功了，幸福快乐了之后才决定。"

Mrs. Bee 流露出夸张而恍然大悟之态，其实公爵说什么她也不看重，她要的只是胜券在握。

公爵说："因此，现阶段我们分毫不取，你们放心好了。"

Mrs. Bee 十分满意，继而拍起手掌。因为她的眼睛望着 Genie 与阿申，他们便跟着拍起手掌来，虽然，心里仍然迷惘。

Mrs. Bee 说："你们看，李老板多么疼爱你们。"

公爵说："客人，就是我们的子女。"

Mrs. Bee 说："我们视如己出，一定尽心照料！"她说得自然不过。

Genie 的神情感动；而阿申，似乎仍有点如在梦中。

"明天，"Mrs. Bee 说，"你们便开始人生新的一页。"

公爵总结："由明天开始，你们便控制命运，你们就是人生的主人！"

Genie 深深感叹，眼角感动得似有雾气。她等了这一天许久许久。

阿申双拳紧握，一副准备随时作战的状态。

公爵站起来说："来，我们为将来的幸福快乐握握手。"

Genie 与阿申一同站立，而当 Mrs. Bee 站起来之时，她的手往台面一扫，就变出一瓶香槟和四个香槟杯。

"啊啊啊，真周到！"公爵举起香槟摇了摇，然后开启了瓶塞，少量香槟泡冒了出来。他替大家倒了酒，然后以生意人的口吻说："永远幸福快乐！"他与大家祝酒。

四人碰杯，香槟微微溅出，四人都在微笑，单单看这一幅图，已觉得满载幸福快乐。

客人 Genie 和阿申非常满意，甚至有些激动，公爵和 Mrs. Bee 把他们送进升降机，一双小情侣期期艾艾说出感激之言，但也不能完全表达他们此刻的真实心情。

往后，什么都不再相同了。

当升降机的门一关，Genie 就扑进阿申的怀内，她控制不住情绪，哭了起来。而阿申，大男孩的眼睛内，亦盈着泪光。

他说："我们走运了。"

她说："真是不可置信。"

这一句，是最贴切的总结。

这边厢刚把客人送走，Mrs. Bee 就对公爵说："我劝你努力些，说不定，那个乡下妹会是你最后一个客人。"

公爵仰头笑，毫不介意 Mrs. Bee 的刻薄，"我却替你辛苦，那位仁兄相格寒微，穿起龙袍都未必似太子。"

Mrs. Bee 就说："那你等着瞧。"

公爵仍在笑，然后更向 Mrs. Bee 行了一个鞠躬礼，翩翩绅士风度。

Mrs. Bee 仰起下巴，转身便离开会议室。

公爵看着她那婀娜远走的背影，忽然笑意更浓。他想，如此美妙的身形，不穿旗袍就太浪费了。

他吹了声口哨，也步离会议室。

过了今天，比赛就正式开始。

The Chicago Rose

芝加哥玫瑰

Mrs. Bee 返回她的米白色范围，穿过她的一众下属，走进私人的升降机之内。升降机内没有数字、没有闪灯，升降机熟悉主人的心意，知道何去何从。

Mrs. Bee 返回她的休息间，她想休息。升降机的门一打开，就有白鸽飞进来，它们似是要向 Mrs. Bee 问好。她伸出左手，其中一只鸽子就站在她的指头上，Mrs. Bee 罕有地流露出温和的表情。

她步出升降机外，走进她的私人天地，一个迷幻的、以黑色为主的游戏室。

芳香一片，是玫瑰花的味道。游戏室的入口，是一个大大的玫瑰花棚，中间呈拱门的形状，玫瑰肆虐地在花棚上盛放，艳丽奔放。

Mrs. Bee 爱玫瑰，她本名是 Rose，Mrs. Rose Bee。

走过花棚，便传来了老爵士乐，歌在唱："想起你，我的心就唱出歌来，就如四月的微风，轻拂在春天的翅膀上，而你，在此时此刻，迷人无双地在我跟前出现，你知道吗？你是我的爱，唯一的爱……"

Mrs. Bee 在玫瑰的香气中微笑，她走过了旋转的咖啡杯，无人享用的咖啡杯，因为有玫瑰又有歌，于是就不寂寞。Mrs. Bee 又走过大小不一的哈哈镜，镜中有她长长短短的身影。小丑自大木箱中弹出来，一个又一个，向他们的主人打招呼，小丑的脸，浓妆艳抹，却又木然，在半空跳着，摇摇摆摆。主人一眼也没有望向他们，他们却仍然欢笑，毕竟是小丑。

Mrs. Bee 迎着歌而行，愈走愈深。

歌在继续唱："影子来了，把神秘魅幻散布在夜色的角落。而你，你在我的臂弯，我品尝着你的嘴唇，是那么的温暖，那么的软绵绵……天啊，你是我的爱，唯一的爱……"

Mrs. Bee 走进一个大鸟笼中，鸟笼内没有鸟，但有一个秋千架和一条大铁柱。鸟笼的顶部吊有皮鞭、锁链、手铐、铁棒，另外，秋千旁有炭，又有火钳。Mrs. Bee 伸手拿来锁链，然后走出大鸟笼。锁链拖在地上，声音有种锐利的霸道。

而她，开始跟着爵士老歌，边走边唱："你的手触摸着我，那就是一个天堂，一个我从来未曾认识过的地方。你脸上的红霞，代替了语言，正告诉我，你是属于我的。你把渴望注满了我冲动的心，每一个你恩赐的吻，叫我灵魂燃烧，让我投降在香甜之中，我的爱，唯一的爱……"

这是 *My One and Only Love*[①]。

前面是一张大铜床，她把锁链抛到床上去，而自己，也一并跌倒于床中央。她翻了个身，忽然就有点醉，虽然没有喝酒，人也飘飘然，有点亢奋。她叹气，呼出来的，既香又旖旎。

歌仍在播。墙边有一层层黑色帐幔，连绵地倚墙垂下。帐幔后一定有一个更复杂的世界，只是帐幔不被拉起，就无人能看见。

Mrs. Bee 把臂弯伸往枕头后，又顺势再翻了翻身。她陶醉地把脸压到床褥中，她笑得很灿烂，她知道，她的爱情要来了。

所有的乖女孩，躺在床上都是安安静静的，她也一样，她甚至不敢把脸翻过来，她的脸压在床褥上，以致什么也看不见。她只在笑笑笑，而那笑，是无声的。

当歌差不多要播完，只余最后一个音时，黑色帐幔便被拉起，帐幔后的第一层，是镜子。七呎高的镜子，连在一起共有十多块，包围着大铜床的前面和左右两边。镜中，出现了一个男人的身影，不知由何处而来，只是，当要来了，就一连十多个一起来，十多个影子，来自同一个人的身上。只

---

①《我唯一的爱》（*My One and Only Love*），是约翰·克特兰（John Coltrane）的作品。

是不知道，因何前前后后左左右右的镜子中，那个人的影像，都是同一角度。那个人，只有正面。

Mrs. Bee 很高兴，她用一只手掩着自己的嘴，恐怕会笑出声来，她的爱情要来了。

然后，镜中那男人的影像来得很清晰，那英俊的男人，有一张冷酷又富有权力的脸，表情阴森中有一点点笑意，而那双眼，闪着一掠而过的光芒。他神秘，极有魅力，并且叫人心寒。

Mrs. Bee 看不到这男人的表情，但她已经知道整件事可以叫她有多兴奋，她的口已微张。来了，他由镜中走出来，十多个影像，一同步出，走向同一个交会点，在那点与线会合的一刹，就变成一个，唯一的一个。就如刚才的那首歌，唯一的，唯一的爱。

怎样说，也是浪漫的。男人用 Mrs. Bee 带来的铁链把她的双手锁起，当双手被紧紧扣着之时，她叫了一声。然后，男人把她拉下床，他的力度很大，她就在床边跌了一跤，又叫了一声。男人没有回头看她，他像拉一条狗那样拉着她。她便索性不站起来了，任由他把她在地上拖行，那串铁链，发出悦耳的碰撞声。

咯咯咯当当当。她咬着牙，很兴奋，身体摩擦地面，转了个弯又碰上点什么。痛了，她就笑。当然，尽量忍着不要笑出声来。

这时候，另一首爵士老歌又在游戏室播出，这一首歌，名字是 *When I Fall in Love*[1]。

"当我堕入爱河时，那会是永永远远，如果不是这样，我永远不要堕入爱河……"

男人把她拉到其中一面大镜前，他没停下，走进镜子内，而铁链跟着男人，带动了被拖行的女人，穿过厚硬的镜子。男人把她拖入黑色帐幔的世界内。有男人在，物质变异，变成气体那样，粒子疏离，但运行有序。

爱情来了，因而她舒畅。穿过镜子那一刹，她低呼出美妙的嗟叹。

在帐幔后，她抬起眼来，看见一个绞刑台。于是，她合上眼，陶醉地呻吟。她的爱情，来得很曼妙。

歌在唱："当我交出我的心，那会是全部，如果不是这样，我永远不要交出我的心……"

老歌浪漫极了，唱歌的人有沉厚磁性深情的嗓子。Mrs. Bee 忍不住跟着低哼，但觉歌的情调，与这环境这心情配合得天衣无缝。

她痴痴地陷入陶醉之中，神色旖旎。男人把她带到绞刑台上，用绳圈套着她的脖子，在这一刻，他俩四目交投，她抬起眼来看他，而他则垂下眼来凝视她。他要处死她了，然而，

---

[1]《当我坠入爱河》（*When I Fall in Love*），席琳·迪翁（Celine Dion）作品。

她却这样信任他，她的目光，就只表达了这一种信息。

"在那一刻，我感到，你的感觉也一样。那一刻，是当我把心交出来，把心交出来给你的时候……"

他把她安置在绞刑台，然后步下台阶，走到绞刑台之下，安坐欣赏。她要死了，而她的眼睛一直没有离开过他，她的目光内，是爱情。在爱情中，她一切依他，一切听他，她不需要拥有自己，她甚至欢迎死亡。如果，他想她死，她就死在他跟前。就如此刻这样。

她只想向他表达一件事：从来，她也不曾属于过她自己，她只属于他。

噢，我的爱，你想怎样就怎样吧。

他是她的主人，她是他的奴隶，生生世世，关系不会逆转。而她，为了这关系感动不已。看吧，她吸了最后一口气，仰头等待他赏赐给她的结局。

绳索终于套紧了她的脖子，在骨头碎裂的声音后，她的眼睛便向下望，最后一眼，赶紧投到他的脸上。如果死亡前有一个心愿，她的心愿是这模样。

至死，我仍然只想看着你。我的死亡有微笑。

老歌没有终止："在这冷酷无情的世界上，爱情未发生便已终结。那些在月光下的吻，在阳光的温暖下，居然冷却下来……"

绞刑台上是她的尸体，如同那一具又一具她下属的尸体一样，悬在半空，双腿摇晃离地，但她这一具特别矜贵，因为她有爱，她为她心爱的人而死，她爱的人要处死她。噢！

快乐的尸体上有第一朵玫瑰，由高处跌荡而下，然后第二朵、第三朵、第四朵，玫瑰失去了玫瑰的主人，于是玫瑰也要死了。

玫瑰伴着尸体，玫瑰比往常更哀艳。

男人表情仍然冷，他的座椅一百八十度一转，他就背对着尸体。当他背向尸体，一块蓝色绒布便跌下来把尸体盖着。

继而，在他的眼前，一个大木箱从不远处的漆黑中轻快地斜滑出来，那是魔术师爱使用的木箱，四边木板可以拆散下来让观众验明其内。现在，木箱的四块木板一并向下松开跌堕，木箱的中央，有 Mrs. Bee 向他欢呼的笑脸。她身穿魔术师美女助手的漂亮服装，步向坐着的他跟前，她伸出手来，让他握过，然后他猛地一拉，就把她抱到怀中。

她说："你永远都让我重生。"

他说："我怎舍得失去你？"

她问："你会不会在某一次就放弃我？"

他回答："就算世上没有玫瑰，我还要有你。"

老歌连绵响起，那是 *I Love You for Sentimental Reasons*[1]：

---

[1] 《我爱你，为着一切感性的理由》（*I Love You for Sentimental Reasons*），纳京高（Nat King Cole）作品。

"我爱你，为着一切感性的理由，我希望你是相信我的，我会把心交给你。我爱你，单是你已经是全部意义，请把溢满爱情的心交给我，然后告诉我，我们永不永不分离……"

她说："这首歌，那时候，我们听过。"

那时候……

他微笑，目光内有星宿。他很漂亮很漂亮，漂亮得叫她入了迷。

只是，她知道，他不会记起这首歌，以及那个时候。

刹那间，寂寞降临。

她的爱情背后，有她的寂寞。

那时候，是一九三〇年，芝加哥。

Rose 姓何，跟的是母姓，生父不详。她在芝加哥出生，母亲是二十世纪初从中国来的移民，被骗到美国，一心以为当家庭佣工，却被困在华人小区当妓女，暗无天日地与其他中国妇女一起为在当地当铁路工人的华人提供性服务。

何女士在三十一岁那年诞下 Rose，她本来已有一个儿子，同是嫖客播的种。诞下 Rose 之后，她转行在赌场工作，她粗鄙、冷酷，讨厌她的孩子。在 Rose 十二岁时，她把 Rose 卖给区内的妓寨。Rose 逃走了三次，第三次便成功了。

初夜给一个嫖客买走，然后，她逃走又自杀。重复了三次，又被毒打了三次，终于跑得掉。跑掉后，Rose 打扮得像男孩子一样——穿吊带裤，戴帽子，剪短发，举止男性化。她干着小混混的勾当：卖私酒、聚赌、打劫、盗窃。后来跟了一个年老的中国男人学杂耍，因为抛瓶子抛得差，她转而学习魔术。

她把脸涂白，装扮成小丑，左眼画一颗大大的红色星星。照样，像个男孩子。

十六岁那年，正值一九三〇年，芝加哥是个繁荣的城市。虽然二十年代的豪气繁荣不再，全国陷入萧条之中，但芝加哥有工业、黑手党、私酒商、暴发户、歌舞剧、美食、电影和爵士乐。

Rose 便在小小的夜总会中表演魔术，都是一些小手技，变走白鸽，变出彩带，铁圈交替，金鱼现身。她是一众表演者的间场小丑，一边表演一边逗观众发笑。

台下的人都以为她是男孩子，更有可能是白种男孩子。她很高很瘦，涂白一张小丑脸，无人猜得到她的性别与种族。小丑就是小丑，当白鸽由她的裤裆中钻出来时，大家只顾大笑，没人理会她是男是女，是黑是白。

小夜总会黑人最多，贫穷的白人和有色人种也不少，多数是意大利人以及拉丁美洲人。夜总会内，主角是玩音乐的黑人，他们玩一种正风行全国的音乐，称为爵士乐，由新奥尔良州周边的美国南部传过来，而芝加哥在十年前取代这些城市，成为爵士乐的重镇。著名的爵士乐巨人，例如 Louis

Armstrong^①，在三十年代正于芝加哥的夜总会中展现黑人的骄傲。

由黑人的蓝调、灵歌和工作歌演变而来的旋律，丰富的节奏，自发性的激动，凭感觉驾驭的演绎，就随小喇叭、萨克斯风、风琴、笛子、鼓声，以及黑人柔滑如丝绒般的嗓音中倾诉出来，一首接一首，一夜接一夜，狂暴而澎湃，优美而深沉。

Rose 喜欢他们的音乐，而事实上，她知道的也只有这些音乐。她不懂得分析，不明白其中含义，但是她喜欢。

十六岁，生活简单，也不算太不安定，她与其他几个表演者，有跳舞的、有说笑话的，一起住在夜总会老板提供的房子中。有时候她会赌两局，也吸烟喝酒，活得像个男孩子。

然而，有一天，夜总会老板把她的衣服抛出后楼梯，肥胖的他推了 Rose 一下，对她说："你的表演太糟！我不需要你！"

Rose 拨开他的手，反抗道："我每晚都收到客人的小费！"

老板摇头，又再推碰她，"从纽约来了一位大魔术师，他也是中国人，但比你像样得多！"

Rose 愈跌愈后，她抓着楼梯扶手，尖叫着："你要给我多一次机会！"

---

① 路易斯·阿姆斯特朗（Louis Armstrong），20 世纪最著名的爵士乐音乐家之一。

老板却连后门也关掉，楼梯上丢满她的衣服鞋袜，还有魔术小道具。

彷徨、沮丧、不高兴。Rose 决定要报仇。那会是一个怎样的魔术师？

她咬咬牙，看不起。

年轻的她希望继续表演魔术，因为总比当娼好。是的，不当娼又不做魔术师，她可以做什么？

或许，可以投靠黑手党。但已有太多有色人种向意大利人乞求两餐温饱，她又未杀过人，大概没有人会收留她，她坐在楼梯上搔搔头。最后，或许真的只有当娼。

Rose 弄来一把表演用的飞刀，她的大计是，杀了那个新来的魔术师，就可以得回她的职位。她会埋伏在后台，然后把刀飞掷出去，一击即中。

于是，她就躲到后台的红色帐幔之下，手握飞刀。

从欧洲移民到来的美女表演露出臀部的舞蹈，又抛出含在口中的玫瑰，台下喝酒的人吹完口哨，然后，就是新魔术师出场。他看上去果然有点不相同，年龄三十多岁，长得很高，很英俊，有洋人的笑容。他说着完美的英语，然后开始他的表演。他推出一个大木箱，木箱内有一个洋少女，那该是其中一个跳舞女郎，然后他把木箱转了一个圈，做些大动作，接着，女郎就不见了。

台下掌声不绝，而 Rose 看得目瞪口呆。这种大型魔术，她未看过。

后来又有刀锯美人，美人分成三份，但四肢仍然会动。最后是火里逃生，他用铁链锁着自己，美女一把火烧向他，他站着的圆形小台上火光熊熊。大家都为他着急，他流露着在铁链堆中挣扎的表情，Rose更是紧张得把手指放进口腔中。过了大约十秒，他便安全逃生。

大家拍烂手掌，魔术师向观众鞠躬。

Rose没有掷出她的飞刀。她决定要他生存，因为她打算向他拜师。

她走进后台，魔术师正在拭抹他的道具。他背对着她。

Rose用飞刀指着他的背，她说："你连累我失去工作，也失去栖身的地方。"

魔术师抬起头来，眼向后一扫，看见的是一个少年人，然后他便笑着问："因此你要杀掉我补偿？"

Rose还未开口回答，魔术师突然敏捷地反手，轻易地捉住了她。她感到疼痛，刀便跌到地上。

"救命！"她居然求救起来。

他便知道她是女孩子，打量了她一会，便放开她，"杀不到人就叫救命。"

她低声呼痛，"你很认真！"

"有人要杀我，我当然认真。"然后他随手拿起一件道具，二话不说便扣在她的双手上。她看清楚，发现是一对手铐。

Rose 说："你的动作极快！"

魔术师微笑："我害怕你这个超级杀手啊。"

Rose 尝试活动双手，然后发现无计可施，"喂！放了我！"

魔术师收拾他的物件，把需要的带走，没有理会她。

Rose 跟随着他，"喂！喂！"

魔术师走出夜总会，Rose 跟在他身后，因为双手被扣着，她觉得羞耻，于是在走过一些女士身边时，顺手牵走人家肩上的围巾，裹到双手上。跑了两步，她又说："宿舍不是在那边吗？"魔术师没有回答她，他走得很快，她唯有急步跟着。她也发觉魔术师有华人少有的轩昂，他高大健壮，步履自信，这背影，根本看不出并非美国人。

华人，亚洲人，是不一样的，在气质而言。

Rose 决定省回一口气，不知要跟着他跑多少条街。芝加哥那时候已有具规模的电影工业，默片时代完结，有声电影是潮流。晚上，有一批又一批看过电影的人走出电影院，有些观众打扮得不错，帽子、围巾、套裙、高跟鞋、手袋，还有那发型与化妆，使她们看上去仿如女明星。

Rose 好奇地朝她们看，她觉得她们漂亮，而且高贵，高贵得大概会坐汽车回家。

忽然，魔术师回头，对她说："有空我们看电影。"

他摇了摇头，目光溜向电影院外的广告画，又溜向 Rose 愕然的面孔上。没等待她的反应，他又径自继续往前行。

Rose 朝广告画看，眼瞪得很大。她一次也没看过，她没有进过电影院。

当她发现他走得很前了，唯有又跑又跳地追。然后，她没有任何再反驳的意图。

魔术师的家位于贫民区的一幢大厦的单位内，有电力供应，但没有自来水，水要从共享水龙头提取。小公寓布置得很雅致，很整齐，而且，Rose 竟发现了一部留声机。

"啊！"她叫，然后就向前跑，她仔细地察看机器，忘记了她的双手上有手铐。

魔术师脱下外套，把一张唱片放到留声机上，"King Oliver①，喜欢吗？"

房间内充满闷热但不羁的情调，Rose 望着唱片的转动，但觉甜蜜起来，她微笑。

魔术师见她站着不动，便告诉她："你以后在沙发上睡。"

Rose 瞄了瞄他，"我不随便在别人的家睡。"

魔术师便说："那么你睡在走廊。"

Rose 却微笑，"我的意思是，不会睡在连名字也不知道的男人的家里。"

魔术师望向她，看见装扮成男子的她脸上流露着不配合的妩媚。这叫他加深了对她的好感，他告诉她："叫我 Mr.

---

① 金·奥利弗（King Oliver），美国著名爵士短号演奏家。

Bee。"他觉得她颇美丽。

她问："什么 Bee……"

他说："蜜蜂。"他替她解开手铐。

她说："啊，蜜蜂啊……你要依靠我哩！"她揉着手腕上被扣过的位置，那浅色的红圈。

"你是谁？"他扬起眉。

"我是玫瑰，Rose。"她嘟起小嘴，"你吃我的蜜，依仗我维生！"说罢，她放松地躺到人家的高床软枕上。这张床，一定比沙发舒服。

Mr. Bee 一手拉起她，用力很猛，毫不留情地把她拉倒跌在地上，他说："别以为进得屋就可以睡上我的床。"

Rose 爬起身来，表情似笑非笑，盯着他，她真是很想睡在床上，因为床较软。

Mr. Bee 说："我需要一个女人。"

Rose 便摆着身走近他，正想用手勾着他脖子时，他却又拉扯她的手臂，把她拉到那张沙发前，按到沙发上，对她说："我要一个女人做我的助手。"

她装出恍然大悟的表情，夸张的、顽皮的。

他继续说："做得不好，就连地板也不让你睡。"

她偷笑了，看着他回到他的床上，脱掉衣服，她忽然笑出来，而且笑得愈来愈大声。

"呵呵呵呵呵！"笑，是因为真心高兴，她喜欢这个男人。

跟着他、跟着他、跟着他。

天花板垂下一个灯泡，留声机播出爵士乐的放任热情，这房间，又热又亮。她笑得流了汗。

遇上了 Mr. Bee，Rose 便开始变身。

他要她像个女人，他说："魔术师助手需要是美人，性感、迷人、女性化，令人相信她会勾魂，方可配衬魔术的奇幻。"

他把一件内衣般的衣服放到她跟前，浅蓝色，钉满水晶与珠片，她知道，动作稍大，串串水晶就会跟着丁零，性感趣致。很漂亮，只是她不想穿上。

"为什么？"他问。

她说："不可以作男性打扮吗？"

Mr. Bee 疑惑了："你讨厌当女孩？"

Rose 回答："女人是男人的奴隶。"

Mr. Bee 却说："但聪明的女人是男人的主人。"

Rose 不明白。

Mr. Bee 说："聪明的女人令男人死去活来，不能自持，她们操纵男人的身体，吞噬男人的灵魂。"

Mr. Bee 俯前凑近她，目光炯炯，她向后一缩，但觉有点窒息。他的眼神很迷人。

这样的男人，灵魂怎会让女人吞噬？她害怕，事情只会倒转发生。

Mr. Bee 问："要不要当那种女人？"他拿起那件性感的

助手服。

她没作声,抢过来走进浴室换上。再走回 Mr. Bee 跟前时,两人对望了很久,却又无话。

一个女孩子可以有多漂亮? 漂亮得如晶光四闪的美钻? Rose 完美的身形被衣服的人造骨架塑造得更无懈可击,纤幼的胳膊,修长的双手与双腿,坚挺的少女胸脯,出奇幼小的腰。水晶串长长地垂下来,最长的垂到大腿一半的位置上,一串一串,渴望着被摇晃。

过了许久,Mr. Bee 才说出一句:“转身。”

她就听话转身。水晶串飞舞,水晶串很兴奋,是跃动般的兴奋。

她背对着他,他没叫她再转回身来,他在她背后说:“你现在是男人的主人了。”

她勾起嘴角,但没让他看见。她想告诉他,有时候,主人的位置不是人人想做。有时候,面对着些什么人,她不介意委屈一点。

卑下,有卑下的旖旎、迷人、兴奋。

Mr. Bee 好好锻炼 Rose,教她飞镖,解开双手的捆缚,教导她如何在刀锯美人时不露出破绽。她聪敏、专注,而且有天分。她学得很好。

他们在小夜总会的舞台表演,一晚跑三场,Rose 被缚在旋转的大轮上,Mr. Bee 蒙着双眼向她掷出飞镖,她总是露出高傲、无畏惧的表情，因为她知道，他的心依着他。她信赖他，不觉得他会有任何一次的出错。他把她的双手用铁链锁着，把她放到一个箱内，然后把箱密封，在箱之外燃起火圈，她便在箱内快速解锁。她记着他教过的每一步骤，而每一次她都做得对。就这样，她敏捷地从秘道走往另一个预先准备的大箱内。他把她吊起来，在观众跟前把她变走，她也表现完美。他把她升起，把铁圈穿过她的身体，她配合得天衣无缝。

她已成为他的拍档，满意的、合拍的、赏心悦目的。

Rose 很快乐，她喜欢这样的日子。

她一直住在他的家，那个小小的单位内，她睡在他的沙发上。已经半年了，他没有吻她、碰她。有时候他会盯着她，譬如她落了妆后，从浴室步出，身上围着一条大毛巾，意态放任，他就会看着她，燃起一支烟慢慢观看。她哼歌、吸烟、喝酒、乱笑，他看着她，微笑地，像看表演般欣赏她。

他这样看，看得她心也乱。

Mr. Bee 往外头找女人，回来后喝得有点醉，看见她躺在他的床上，他便伸手把她推到地上，他好像什么也不想对她做。

房间内的纱帘原本是白色的，很快就被街外的空气熏黑，芝加哥是个工业城市。Rose 把窗帘拆下来，洗涤之后挂回窗前。窗框是正方形，哑色的玻璃窗是拉上拉下开启式。当空闲时，她打开窗，朝街上看，听着留声机的音乐，喝一小杯威士忌，等待着一点什么。

那是什么呢？她伏到窗框上叹了一口气。她知道的。

有一次，Mr. Bee 真的带 Rose 去看电影，那是嘉宝主演的 *Anna Christie*①。Rose 很紧张，这是她生平第一次看电影，她坐得直直的，非常端庄又非常拘谨，她不知看电影是怎么一回事。后来，当嘉宝的脸在银幕上慢慢地变得忧郁时，Rose 便放松了。这女明星的冰冷、伤感、哀艳，渐渐掩盖了她的思想，她看着银幕上的她，想着银幕上的她，投入了，便忘记了紧张。那一个黑白的世界，在一字一字绝对清晰的对话下，让观看的人轻易忘记很多很多事。

完场的时候，在那"The End"的字幕下，Rose 心生感激，她觉得太快乐。

她已变成化淡妆、穿套裙的少女了，而且还会戴一顶小巧的绒帽，配衬她那正留长的头发。上星期，她才到理发店烫了新发型。她与 Mr. Bee 在这不用表演的夜里步行，想着想着，自己的眉毛不及嘉宝的幼，因此要再拔一些，而嘉宝的长睫毛，是假的，贴上去的，她也大可以贴上假睫毛，表演时会很漂亮。

但印象更深、更该想起来的是，男女主角的吻，那样的吻，男人俯身，女人把身弯后，多么的浪漫。

---

①《安娜·克莉丝蒂》（*Anna Christie* ），美国电影。

于是，忽然，她决定停下。

Mr. Bee 自然也停步，他回头问："怎么了？"

她抬头，发现他的头顶上，正是煤气街灯，这样一照，就有种电影中的情调。她的胆子更大了。

她说："为什么，男女主角会那样做？"

他问："怎么做？"

"这么做。"她说，踮起脚尖仰起脸，便往 Mr. Bee 的唇上吻。这个吻，不算轻巧，历时有十秒，而且，她的眼睛是合上的。

直至她把脚放平，张开眼时，她就问："为什么我们不那样做？"

Mr. Bee 的目光尽是惘然。然后，他还是选择回答她："因为，我怕那样做之后，会离不开你。"

她的眼神抖动，想做出一个笑的表情。然而，在她还未准确地作出反应时，他已经再下一城。这一次，是他抱着她，拉高了她，继而深深吻她。

他吻她，像男主角吻女主角那样，充满着激情、澎湃、张力。他吻得她透不过气来，而她，感觉到这个男人的心狂跳，他吻她，而激动的是他。

她半张开眼偷看，他的表情竟然带着痛楚。

她相信了他的话。他说，害怕从此离不开她。

他们一直吻着，他们拥抱，他们呼吸着对方的气息。他们的吻散落在煤气灯下，又散落到那道破落的楼梯上。回家的楼梯，有他们拥吻的影子，从此这道楼梯上有爱情。

她睡到他的床上。这是自她逃离妓寨后，第一次睡到男人的床上，她真幸运，再睡便碰上这一个。他是那样的优美而强壮，他有男人最美丽的线条，他的表情是忧郁的。他一直望着她，眼神有着梦，有一层光，迷迷地亮着。她也望着他，但她的表情复杂得多，她既幸福又痛苦，她要把视线溜向天花板，望向那墙角，望向那灯泡，望向那窗外隐约看得见的月亮。那月亮躲在纱帘后，月亮神秘，月亮有它的感情。

当再望向他的脸时，她就哭了。她抱着他的颈，别过一张脸，鼻尖埋在枕头的边缘，她淌泪。

再也没有更动人的事情了。

她成为他的爱人，他真心地爱着她。

Rose 做梦也没有想过能有今日，她有她的职业，可以光明正大地走在街上，她有她的男人。

Mr. Bee 很快就与 Rose 结婚，他们在意大利神父的祝福下，结成夫妇。那一天，她花了一些钱买了一块头纱，很长很长，垂到身后，曳地而行。Rose 成为 Mrs. Bee。

他俩的证明文件都以英文书写，Rose 的姓氏是 Ho，而 Mr. Bee，叫作 Clarke Bee。Mr. Bee 告诉她："知道我的中文姓氏吗？"

她就说："蜜蜂？"

Mr. Bee 说："别。"

"别……"Rose 想不起这个中文字。

Mr. Bee 告诉她，"别离的别。"

"别离。"她低声念着，皱了皱眉，感觉上有点不吉利。

他却说："但我不会离别你。"说罢，便拥抱着她，她埋在他的怀内，就如其他被他拥着的时刻，她是安心的。

别先生。她不知道世上有这样一个姓氏。接下来，她想到，那么自己，就是别太太。

别先生别太太，刚新婚，就隐藏着离别的暗涌。

她抬头，对他说："要守诺言啊，别先生。"

他抱得她更紧，"我会的，别太太。"

他们过着能力范围内最好的生活。他们拍档表演魔术，空闲时看电影，又或是租一辆汽车到郊外游玩，在野餐的食物篮内，有他送给她的玫瑰，鲜嫩的、娇美的、充满爱情的。

他们是一双深爱着对方的恋人，当眼睛没有什么要紧的事，他们便会朝对方看，自然不过，写意之极。

后来 Mr. Bee 赚了一点钱，就买了一只小小的宝石戒指给 Rose。石头不太闪，但设计很典雅，七颗红宝石围着一颗钻石，是一朵花。

"这是我送给你最贵重的玫瑰。"Mr. Bee 说。

Rose 凝视那宝石玫瑰，看了一会，就哭了出来。她真的觉得，日子就如天堂一样叫人感动。居然，可以美好得在意料之外。

Mr. Bee 教给 Rose 西方人的礼仪，例如哪一种脱下帽子的姿态最为赏心悦目，又或女人要用一种怎样的眼光凝视男人，男人才会被她俘虏。

那年代流行坚强、倔强却又神秘的女人，嘉宝、贝蒂·戴维丝、玛琳·黛德丽，都有以上的特质。那是一个艰难的年代，经济萧条，男人赚钱不多，女人自然坚强。

Mr. Bee 告诉 Rose 每个女明星的特质，他希望她在表演时可以从中获取灵感。Rose 跟着学，她比较喜欢嘉宝，不独因为嘉宝有女神一样的脸，也因为他与她的开始，是在看了一部嘉宝的电影之后。只是嘉宝太冷艳了，魔术师的助手不可能如此，最后，Rose 就以玛琳·黛德丽为榜样，有点坏有点霸道，又多多的美艳。

总觉得 Mr. Bee 知道得很多，又似乎太多。他告诉 Rose，有一位刚过身，名叫 Houdini 的魔术师，他很多年前已名成利就，是欧美两地的大红人。Houdini 与妻子巡回各地表演，每一次都成为热门话题。他擅长表演逃生的技巧，譬如困在水牢中，从海底逃生，Mr. Bee 很仰慕这个人。

Mr. Bee 沉默寡言，有些事情他不会说出来。但 Rose 明白，他在慨叹人生的不公平。纵使拥有差不多的才华，有些人很受欢迎；而他，却被困在一个狭窄的环境内，未能发挥所长。表演的地方是小夜总会，观看的人喝醉了又闹事，很努力才赚到仅够糊口的收入。一切，只怪生成是黄种人。

Mr. Bee 与 Rose 都在美国出生，但很多事情，都是那么格格不入。

如果 Mr. Bee 甘心以黄皮肤中国人的身份去生活，那么一切又会轻松得多；但他想要更好、更受尊重、更公平的日子。

因此，Mr. Bee 爱与黑人爵士乐手作伴，在他们的旋律中，黑人找着了骄傲；肤色白，就做不到。狂野的时候，是世间所有美好的大成，奔放、青春、喜乐、光明、充满力量；低回的时候，就变成灵魂深处的痛苦哭泣。

有时候，当表演完毕，小夜总会内没有客人，爵士乐手有雅兴的话，会继续演奏作乐。Mr. Bee 喝着酒，欢欣地拍和着，也会吹两声小喇叭。在这里，受歧视的人不再郁郁不得志，他们自由了，灵魂任意地发挥，甚至高高在上。

爵士乐手演奏着 Count Basie①的摇摆乐，有时候是 Benny Goodman②的摇摆乐。Benny Goodman 是白人，他仰慕着黑人的摇摆乐。在轻松愉快的拍子下，Rose 会摇摆她的大腿，踢高又踢低，腰部急速左转右摆。她欢乐又简单，狂舞着狂笑着，在 Mr. Bee 跟前打转，又向他眨眨眼。她不知怎样开解他，只能以她的快乐感染他。

---

① 考特·贝西（Count Basie），美国爵士乐大师。
② 本尼·古德曼（Benny Goodman），美国单簧管演奏家。

　　她根本不介意 Mr. Bee 有多高的成就，她只想与他一起生活；但她不会告诉他，因为她知道他听后会更不高兴。

　　对一个渴望成就与地位的人讲解成就地位的不重要，只会被认为互相不了解。

　　于是，Rose 只好愈跳愈狂。魔术师表演服上的水晶串，飞扬跋扈。

　　他们就这样一起生活了好几年，每一天，Rose 都觉得像在天堂，因为她可以睡在他的身旁。

　　后来经济更差，竞争也大，表演节目要有新鲜感，Mr. Bee 的魔术表演不像以前那样受欢迎，终于被辞退了。被辞退后，他们便南迁北移。他们到过堪萨斯市，又去了旧金山、波特兰、拉斯维加斯。然后有一天，Mr. Bee 被要求戴上中国人的卜帽和长辫子表演魔术；那已是一九三七年了，中国人早已不留长辫子。

　　Mr. Bee 开始喝醉酒，表演失准，又喝骂老板与客人，他变得沮丧。

　　当钱不够用，Rose 就与白人女子一起跳艳舞赚钱。她不介意，事实上她快乐得很，有机会照顾她深爱的人。

　　有时候，在喝醉后，Mr. Bee 会打她。他骂她臭婊子，骂她赚肮脏的钱。她哭着否认，但他总是要打，打完之后就静下来，对着窗发呆，他背后有她掩着口饮泣的声音。

　　打过后，他会后悔，又会道歉，他跑到街上，买一点吃的，又为她带来玫瑰。然后他拥抱她，这次是他哭泣。她已不哭了，她抱着他的背，用手扫着他，安慰怀中如孩子般无助的他。

起初，他打她，她很害怕。后来，她反而喜欢他这样，她享受他后悔的一刻，他的哭泣，令她变得强大，他是多么的需要她。

当身体上瘀痕太多之后，她就不再跳舞，转而在餐馆洗碗打扫。那一年她才二十四岁，风华正茂，但那蹲在小巷洗碗的背影，看上去已经苍老。

Rose 不介意，玫瑰就是玫瑰，她自觉能在任何一个角落盛放与芬芳。

她爱他，她感受着他的痛苦，她明白。

有什么所谓？只想天天见着他。每一天辛苦劳碌之后，她都归心似箭赶回家见他。有些女人害怕遇上暴躁的男人，他的心情好坏，就是一场运气。Rose 却是不计较的，他心情好，会有一个吻，心情差会打她一顿，酒精把他变成另一个人，但她知道，变来变去，他仍然是那个他。

那一次，他打她打得很激烈，把她从床上扯下来，又把她掷到墙边，她的头被他一下一下地敲破了。然后，Mr. Bee 把她用手铐锁在床脚，向她吐口水，看着她又青又紫兼淌血的脸，便咒骂了几句。最后，他跑到街上。

过了一天，他酒醒后才回来。Rose 头颅上的血已形成血块，脸孔肿了起来，非常难看。

于是，Mr. Bee 又哭了。他解开她手上的锁，抱着她，哭得声音不全，只有那种"呜……呜……"的声调。Rose 说："如果打死我，你会开心一点，你就打吧，我只想你快乐。"

Mr. Bee 很愕然，他捧着她的脸。在那瘀红紫黑与肥肿之间，Rose 试图挤出一个微笑，她挤了三次也办不到，被迫放弃。

她仍然想给他一个微笑。在这一刻，Mr. Bee 感动入骨。那天，他开始戒酒。

但 Mr. Bee 已不能再当魔术师了，他的手抖震得太厉害，动作也比从前迟钝。他把所有魔术师的用具变卖，换了一笔金钱，然后决定重新振作，重整他与 Rose 的人生。

那是一九三九年，欧洲正酝酿第二次世界大战。Mr. Bee 带着 Rose 返回芝加哥，那时候，有些老板以低价把小夜总会变卖，Mr. Bee 便买了一间继续经营，欠下的余债，他准备每月偿还。

其实，美国人在那年头也无兴致放纵作乐，他们预料，欧洲的大战，美国也会被牵连，整个国家的状态很紧张。Mr. Bee 的夜总会生意很差，但他不介意，反而，感到出人头地的满足。他现时已是老板了，而 Rose 是老板娘了，他们与他们的乐队，每晚奏出喜悦的音乐，高歌跳舞，拥有了自己的人生。

Rose 也特别快乐，虽然已很难才能购买到价钱合理的食

物，而且女士们的尼龙袜裤已经停售。她每天与 Mr. Bee 窝
在小夜总会内享受人生，跳着贴面舞，眼睛锁紧对方的眼睛，
互相凝视之间，释放出电光。他们会接吻，搂着腰深吻，他
们激情、浪漫，如最初相爱的恋人。然而，他们已爱上对方
十年，一九四〇年将到来。从欧洲而来的难民拥入美国，经
济日差，到夜总会的人不想看歌舞，只想诉苦。爵士乐伴着
苦着脸的大男人，有的说要去参军，他们说，预算回来时会
失掉一条腿。

唯独 Mr. Bee 和 Rose 有真心笑容，他们形影不离。在
别人的不安定中，他们有他们的爱情。他们每个月都付不清
欠债，因此会卖掉几箱酒，又或是一些桌椅。如此挨过了半年，
他们连爵士乐手也请不起了，只放一部留声机，没有顾客的
时候，他们便跳舞和谈情。

这是 Rose 过得十分惬意的日子，挨饿了，她还有她深
爱着的人。

后来有一天，就发生了这样的事。

有三个说着他们不明白的语言的人，走到夜总会内，用
枪指着 Mr. Bee，说着些什么。他们头发浅色，个子中等，
大概是波兰、捷克那些地方的新移民。这三个人向 Mr. Bee
要钱。Mr. Bee 尝试向他们解释，他已没有钱了，他指手画脚，
也不惊惶。他走到留声机跟前，请他们搬走这里唯一值钱的
东西。

然后，Rose 由后台的化妆间奔走出来，她听见有争执声，便取了一支长铁管，企图敲向站得最接近后台门口的人的头上，但却在未下手前被人识破了。站得较远的人手中有枪，他指向 Rose，本来他也不准备就此开枪，因他看见那只是女流之辈，反而是因为 Mr. Bee 扑出来尝试阻止，那个男人才改把枪口对着他，射出了一枪。

血从 Mr. Bee 左边腰间位置流泻出来，他跪到地上，Rose 吓得张大了口；然后，其中一个男人扑向 Rose，双手抓着 Rose 的左手，抢走了她的宝石戒指。

Rose 反抗，被推跌倒地上，叫了一声。那三个人逃了。

Mr. Bee 却站起来，说："那戒指不可以……"然后，他追了出去。

Rose 跟在后面，她看见那三个男人走过大街又穿过小巷。Mr. Bee 都看见了，他边跑边按着腰，然后停在一间理发店旁，那里有一辆单车。他骑了上去，Rose 跟着也跳了上去，抱着他，坐在单车的尾部。

Mr. Bee 不可能再按着腰了，Rose 便替他按着伤口。单车沿路而去，血便从她的指缝间流出来，血随风和速度而飘。Rose 的眼角开始湿润，而地上，有一条点点滴滴的血路。

Rose 叫："停下来……不要再追！"

Mr. Bee 并没有听从她，他似乎不感到痛，他一心一意要为她拿回那只戒指。那是一个男人曾送给一个女人唯一的珠宝。他不忍心她连这一只戒指也失去。

Rose 在他耳边叫喊，他仿佛听见又仿佛听不见，意识开始迷糊了，视线忽明忽暗。

最后，他连人带车倒下来。单车的轮子在打转，他倒在地上，望着一片天，那片天仍是蓝色的，天朗气清。

Rose 伏在他身上哭，呢喃着一些话。然后，Mr. Bee 看见，他躺下来的地方竟然是一块玫瑰花田，方圆数十亩都是盛开的玫瑰花。

他从来不知道，那里有一片玫瑰花田。

然后，他的意识升华起来，他忽然知道点什么。他对她说："看，这里都是我们的玫瑰。"

她以泪眼向上望，啊，果然，一望无际都是玫瑰，深深的红色，大大朵，沉重又哀艳，深邃又奔放，而且极之极之芬芳，那香味，是浓郁的。

她讶异于所看到的，他们竟置身于如此深红的玫瑰中。玫瑰有刺，深绿色的刺，却刺不痛他和她。

他说："这玫瑰是 Deep Secret，深深的秘密。"

她不理会这里有什么秘密，她只想他活下去，不要死。

她用手抹着他腰间的血，呜咽，"你答应过我们不会别离……"

他流露着安然的神色，"我们会重聚。"

Rose 叫了出来："不！不！我们永远不要分离！"

Mr. Bee 微笑，"那地方叫作天堂。"

Rose 哭得更凄凉了，什么话也说不出来。

Mr. Bee 慢慢地告诉她："一天，我们在天堂重聚。"

Rose 伏在他的身上，凄厉号哭。

"很快……很快……"Mr. Bee 说，"我们从不别离……"

Rose 大叫："我要跟你去！"

Mr. Bee 说："我等你。"

Rose 呜咽："我跟你走……"

Mr. Bee 说："我先去……"

"不！"Rose 尖叫。

Mr. Bee 说："等一天我们在天堂重聚……"

Rose 已经说不出一个字来，只懂张着口。

Mr. Bee 说："在那里我们永不别离……"

Rose 张大口狂叫狂哭，她望向 Mr. Bee 的脸时，她看得见他眼神中的盼望，他真是在期待一个天堂。

然而，他已不能说话了，也不能再动，那双凝视她、盼望着相逢的眼睛，停留在那里，没有再流动。

"呀——"Rose 尖叫。她失去了生命中最重要的东西。

她一直叫着，那叫声很长很长。玫瑰的花瓣在她的声音中抖动，玫瑰都悲伤了，玫瑰不知该说些什么才好，玫瑰只好凋谢。

玫瑰的花瓣向外卷曲，玫瑰的花瓣无力地跌坠，有些未来得及盛放的，就在中心点枯萎掉。玫瑰的心痛了，痛得宁可死掉。

漫天充满了枯萎的玫瑰的气息。死亡的悲痛与哀艳。

Rose 跪在 Mr. Bee 的尸体旁，没有移离半步，她盯着尸体的眼睛，与尸体一起盼望。Mr. Bee 说，他们会在天堂相逢，因此，她就在他身边冀盼着天堂。

夜幕垂下，星宿闪亮，星星悲怜着玫瑰花田中的恋人。然后太阳又出现，为 Rose 添上额角的汗。继而，夜幕再次垂下，这一次是月亮的驾临，月亮皎洁的光映在她木然的侧脸上。然后太阳又出来，给她热力，告诉她生命犹在。当黑夜再度前来时，无月也无星，风刮起，吹掉了无力留在花杆上的玫瑰花瓣，深红色的秘密就随风四起，为这双恋人舞出一首哀歌。

当另一个太阳出来之时，Mr. Bee 的脸上起了斑点，传来了奇异的腐败之味。

风扑鼻，Rose 闻得到。

然后她知道，根本无天堂。

他死了，世间就再无天堂。

天堂在哪里？有吗？就算有，她也不想等。

她连眼泪也不再流下来，她累极了，虚弱散涣地倒在他的身旁。她木然的脸上，在接下来的一秒，泛起一个冷笑。

想死想死，但可以怎样死？连动一根指头的力量也没有。Rose 躺在枯萎尽的玫瑰花田中，无力也无气，她等死。

等呀等，就过了一个早上和一个下午，太阳的热力叫她的嘴唇也干裂了。三日不喝水不进食，太阳又猛烈，Rose 的样子干涸败坏，再多走一步，她就可以步进死亡的怀抱。

已经没法思想了，生命真空。

然后，时近黄昏，玫瑰花田的枯枝再动，有一阵风，迎着 Rose 的方向吹来，剩余的残花也给吹起。

随风送来雄浑的声音："我给你他的生命好不好？"

Rose 当下醒觉，震动口唇，意图哼出一声，但喉咙干涸，发不出声音来。

风中声音再说："我让他醒来。"

Rose 在心中叫了一声。

"你真是愿意吗？"

Rose 合上嘴，眨一眨眼，她需要力量来回答。

"我知道你痛苦。"那声音说。

然后，力量果然回来了，当她重新有了力量，第一个反应是心中抽痛。痛楚从心贯穿其他感官，她的眼角溢满了泪水。

她能开口说话了："求你……"她的眼帘不住地跳动。

"以后，他会永远与你一起。"

她再说："请你。"

声音告诉她："但你以后要听他的话。"

她缓缓地点头，不觉得这要求有什么问题。

"他有工作要交给你。"

她以轻轻的一声"嗯"来回应。她看见，天际已是橙色一片。

"以后，你替他打理一间当铺。"

她知道那是什么，只是，为什么会是一间当铺？

"你会长生不老。"那声音说。

这一次，她急着回应，"他呢？"

"他也一样。"声音告诉她。

她就安心地合上眼睛。

"我会给你富裕、不改变的美丽、权力。"

她心想："我只想要他。"

声音听到她心里的话，"但你一样要把我给你的拿走。"

"你要工作称职。"

她在心中答允。

"你要令他满意。"

她再自然不过地回应了一声。

"你不能够反抗他。"

她无异议。

继而，声音刚烈地说："以后，他就是你的主人！"

她听得见，然后就在心中欢呼了，"呀——"她在心中叫了出来，"呀——"她欢欣地感叹，"呀——"她的内心充满了动力。

她听见一句很中听的话，她绝对能够符合条件。

天衣无缝，简直随心所欲。

"哈！哈！哈！哈！哈！"那声音在笑。

Rose 的指头能动了。她的中指弹动了一下。

她还未有能力站起身来，但她感到身旁的 Mr. Bee 正爬起来。那尸体动了，像往日他从她的床边爬起来一样，只是，他显得更凝重，也更沉重。

她看不见他的脸，但看见他如旭日上升的身躯，气势磅礴。然后，他俯下身来，把双手放到她的背下，而他的垂下的脸，让她看到了，由于背着光，他的眼睛显得特别漆黑。

她感动得快要哭。他已抱起她，她在他的怀中。他轻松向前行，他走过的每一步，便滋生了玫瑰，玫瑰随他的步伐死而复生。一朵一朵昂首迎向步过的他。

她把他的脸重新凝视，他是如此鲜亮，谁相信他刚步过死亡？鲜亮得仿佛换了另一个人。的确，是有些微不同了，他的眼神有着慑人的光芒，非凡地闪耀，他的神情流露着轻蔑与权力。他望着她，眼神没有深情，而是一种高高在上的友善。对你不差，但亦有些霸道。

这明明是同一个人，又明明不相同。

她很疑惑，但不敢追问。她一直被他抱着而行，一直望着他。这个人，她爱得很深，也爱得很久很久。

玫瑰花田可以有多远？他没休止地步行，天也黑了。似乎，他有意行至玫瑰全都复活为止。那叫作"深深的秘密"的玫瑰为了欢迎他而重生，她斜眼看到玫瑰迅速长出花蕾，然后呈现盛开的美景，她又安心了。在黑夜中，玫瑰如藏在丝绒上的红宝石，神秘地暗闪出光芒。

太美太美，简直是得偿所愿。然后她又累了，要合上眼睛，而他仿佛知道她累，就用温柔的微笑安抚她。

她便合上眼。她决定了不问也不计较，亦不关心。

这个男人，是一个重来的奇迹。她以后也不用再与他分离。别先生与别太太再没有暗涌。

很累很累，也很满足。

后来，Rose成为一间当铺的老板。那个男人训练她当一名称职的老板，从对答、态度开始，然后又对她说："目的，是要令人一无所有。"

她领会着，尝试朝他的方向思考。

"把那些光顾的人变成我们的控制之物！"男人的脸冷冷，他教导她时的目光，是无情的。

她怯怯地问："你是要我待薄那些可怜的人？"

他忽然伸手搁了她一掌，然后高声说："那些来的人，都因为贪！他们有最下贱的灵魂！"

她掩着脸，愕然地喘着气，怀疑自己是否资质鲁钝，才惹他动怒。

他又走上前，用手握着她的脖子，把脸凑得近近。他阴森地说："把他们逼到穷途末路！"

他的手指握得很紧，她呛住了，脸色发紫。直至她以为自己要死了，他才放开她。下一秒，他就笑了，说："我知你不会令我失望。"

她退后半步，痛苦过后，摇了摇头。

他再笑，"因为，我们是多么相爱。"

他说了这一句，她就心软了，软得进入了世间最单纯的境地，那里什么也不该存在，只应存在爱情。

正义、恻隐、慈悲、希望、施与……统统不存在，该存在的，只有爱情。

她也是只选择了爱情。

爱他爱他爱他。她的脸上是无比的旖旎。

因此不要令他不满意，因此依足他心意行事。他冷酷，她也要一样；他残暴，她亦不可退让。

就如当初她成为他在魔术台上的伴侣，要天衣无缝。她要成为他的绝配。

世间只有他最真，因此，一切只好依他。

虽然，偶尔她还是闪过念头，最假也是他。

他与她又依附了好几十年，她冀盼着他的赞美、认同，以及他的爱。在第 11 号当铺中，当铺老板赖此生存。

在一次他大驾光临中，她曾问他："为什么，当初你选择我？"

那冷峻无情的脸孔流露着寒酷锋利。他没有微笑，更没有柔情，他说出了一句："因为你的痴心。"

说罢，他就再没有望向她。

啊，她就恍然大悟了。痴心，是她的奴隶锁扣。脚畔那串亿吨重的枷锁，就是一个一个痴情的心。

她倒高兴得很，她喜欢做爱情奴隶王。从来，这都是她的梦想。

Duke the Pawnbroker

当铺老板公爵

公爵原名李志成。这名字平凡、庸俗，也无甚趣味。

原本，他也是一个平凡的男孩子，就像任何一个人。

出生于一九三七年，父亲为旗袍裁缝，属海派，即上海摩登的风味。李父最擅长参照香烟海报女郎的上海款式，那时候的上海远比香港繁华，女士们也很懂得打扮。

最流行的款式是条格织物和阴丹士林蓝布，是一般的平民女性日常穿着的。上流社会女士则多用华贵艳丽的面料，诸如一些镂空和透明的丝织品，而旗袍内要配衬精美的蕾丝裙或西式内衣。经济能力不佳的女性，会在旗袍摆尾缝上假花边，充作蕾丝裙。

李父的顾客多为中上流人士，她们喜欢他手工精细，而且服务好；当然，李父长得端正轩昂，亦是一个理由。志成遗传了父亲的内向个性，常常腼腆地笑，对着那些千金小姐，父子俩就有种讨人欢心的傻气。

志成的母亲早在他两岁时就去世了，父子一直相依为命。

两人话不多，但感情要好。

后来日军占领香港，李父正想携带志成逃难到南洋，却被日军要求为日本人服务，当他们的裁缝，为日军修改军服，做些基本的缝缝补补杂活。

由于李氏父子在战乱时期不用挨饿，志成的体格比其他小朋友健壮，也穿着整齐。事实上，他是讨人欢喜的小孩，很乖巧、听话。

日军败退那年，志成八岁，父亲筹集了一些资金，重新经营他的裁缝店，生活又重回轨道。志成放学后，空余时会在店内帮忙打理。他喜欢做旗袍，他有他父亲的审美观，觉得穿旗袍的女人最有韵味，最迷人。

平凡的小男孩过着平凡的生活，直至，他遇上另一个小男孩。

那一天，志成在家里拼着木造的飞机模型，那是客人送的礼物，他很喜欢，拼了两次又拆散两次，现在他拼第三次了。

忽然，他听见他的小房间内有马达的声音，于是，推门探头，首先看见的是一架正在开动的模型汽车。

志成的眼睛发亮了。他再把门推开，就看到，有一个小男孩背对着他蹲在地上，那背影，很熟悉。

是谁呢？是哪一家的小朋友？他是怎样走进来的？

志成没有太大的恐惧，反而希望与他一起玩。

于是他走上前，然后，那男孩转脸过来，望着他。

志成呆住了，那一个，正也是他。一样的眼眉、鼻子、下巴。

志成怔怔地瞪着他。

那男孩站起来，面向志成，他拥有一种成年男人的魅力。他的神情冷静，目光稳定，嘴角似笑非笑，而且单手插袋，左脚跷着右脚足踝。

男孩也穿得光鲜——白恤衫加吊带，然后是灰色西裤，一双皮鞋擦得发亮。修剪整齐的发型，被蜡起，侧在一边。

他似是那种大户少爷，意气风发。

志成看得皱起眉头。

男孩说："一齐来玩。"他把头侧了侧，目光移向地上自动前进和拐弯的金属汽车。

志成望向那汽车，也毫不客气地捧起来研究。

男孩又说："没见过吧！"

志成回应："很贵？"身边大人常常抱怨战后物价昂贵。

男孩笑了笑，"对你来说当然是贵。"

志成不敢作声了。

男孩说："它有机关的。"

志成垂头望向玩具汽车，男孩走上前伸手按着车底的按钮，玩具汽车的两边车门便像翅膀一般升起。志成忍不住"哗"了一声。

男孩说："间谍车。"

志成觉得了不起，他蹲下来，把间谍车放在地上，那张开翼门的玩具汽车在原地自转。志成啧啧称奇。

男孩说："你的爸爸不会买给你，这是德国制造的。"

志成问："你爸爸买给你的？"

男孩耸耸肩，"我想要什么便有什么。"

志成四周张望："你爸爸呢？也来了吗？"他以为男孩的爸爸是父亲的朋友。

男孩说："他不在。"然后又说，"我是自己来的。"说罢，就微笑。

志成这才开始觉得奇怪，"你怎样走入我的房间？"

男孩说："我要来就来。"

然后，他步过志成的身旁，望了他一眼，继而走出志成的房间，一直走到大门，打开门，步下楼梯。

志成走出去，朝楼梯向下望，却已不见男孩的踪影。

"啊。"他低声叫，并不算太惊惶，只是错愕。

房间内的玩具汽车仍然在自转，发出男孩子们爱听的马达声。

志成有点摸不着头脑，但并没有感到心寒，也没有任何震栗感。那男孩的出现，带来的只是好奇。志成不懂得异人异事带来的恐惧，而且，那男孩，并不令人讨厌。

真的，那男孩打扮光鲜、自信，而且，他有玩具。

志成蹲下来玩间谍车，他有一种平凡男孩得到昂贵玩具的满足。

以后数天，日子都是差不多地度过。与父亲相依为命，当父亲太忙时，志成自己做饭给自己吃，然后，等待着那小男孩的重来。

他有点盼望他，想与他一起玩。与那样的孩子一起玩一定很开心，他好像很聪明，而且，有那么新的玩具。

志成的家在一幢旧房子中，当"太阳西斜"时，半间房子便蒙上一片金色的尘埃，有一种破旧而朦胧的美。志成站在金光中，捧着那玩具车，望向街外，等待一个陌生但有趣的友伴。

隔了几天，那男孩才出现。这一次，志成放学回家打开门就看见他。他照样穿着得有型富裕，今次因为天气转凉，他还加了一件绒褛，褛上的襟袋绣有一个像校徽的标志，那是一个盾牌，盾牌内有一条蛇缠着一株树。

志成看见他便笑，说："你又来了。"

男孩从身后拿出一个盒子，盒面是一架高速战斗机。

志成走过去，正想接过那盒子，男孩却敏捷地把盒子移开。

男孩忽然问："高速战斗机的外壳是用什么来制造的？"

志成怔了怔，然后望了望那盒子上的战斗机图片，继而回答："铁？"

男孩脸上流露着厌恶的神色："无知识的家伙！"

说罢，就捧着那盒子擦过志成的身边，一直走，走到大门前伸手开门。

志成着急：“你要走了吗？”

男孩背对着他，说了一句：“你不配与我玩。”然后，开门离去，再把门关上。

志成跟着走上前把门打开，男孩已不见踪影，却在地上留下那个盒子。志成把盒子带回家，摇了摇，内里是一片一片的东西，他不知道是什么。把盒子打开来，他便看见一小片一小片有凹凸边缘的碎块，其上有零碎的图案，他知道这些碎块是要被拼在一起的，但这种玩意，他不知道叫什么名字。

那男孩来了又走，令他怅然若失。这一天，真不快乐。

晚上，志成问他的父亲，“高速战斗机的外壳是用什么制造的？”

父亲想了想，便说：“与日本那些大炮的用料相同吧！”

“即是铁，抑或铜？”他问。

父亲也不知道答案，“回学校问老师吧！”

翌日，志成问他的数学老师，老师也答不出来，只说：“一定是金属。”

然后，老师带志成走进图书馆，说：“原本这里只准中学生来，我批准你来查阅资料吧！”老师把他引领到一排厚厚的大书跟前，告诉他：“这些是百科全书，你慢慢研究吧！”

老师走了。志成惊异着世界上有这么厚的书。他把其中一本放到桌上，翻开来一看，全是密密麻麻的字。这一页第一行是“鲸”，然后就是：“鲸是世界上最庞大的哺乳类动物……"

志成合上书，看清楚封面，这一本是《地球上的动物》。

他便在心中念着："飞机……飞机……"

于是，他又找来科学、数学这些较易明白的来看了看，却不见有"飞机"两个字。那一系列厚重的书中，还有在他这个年纪不明白的物理、化学、医学、地理……看着看着，太迷惘了，究竟答案在哪一本书之中？

志成忽然明白，书本中有太多他可以找寻的东西，如果他找得到，那个小孩就会愿意与自己做朋友。

那一天放学后，他留下来阅读，但没有头绪，翌日放学后，他做着相同的事，也是惘然。再过一天，情况好转了些，他学懂了书封面的标题是什么。然后，又有一天，他知道，飞机的资料可以在"科技"这项中搜寻。最后一天，他终于找到制造飞机外壳的原料。

他兴奋地抄下来，继而回家背诵起来，比起准备国文课的背默更勤力。

一共用了五天才找到答案，过程既艰辛又满足。

就在第六天，那男孩又来了。当志成在房间地上把那些碎块拼合时，偶然抬头一望，发现他就在大厅中。这天，男孩穿上那种像大人穿的孖襟西装，袋口放有红色三角巾，非常帅气。

志成高兴地告诉他："我知道答案了！"

男孩扬了扬眉。

志成就说:"一般飞机外壳是用铝、镁合金造成,而超音速飞机,则是用钛金属。高速战斗机,正是用钛金属所造。"说完,他吐吐舌,加了一句,"虽然我仍然不清楚那些什么什么金是什么。"

男孩缓缓地挂上一个笑容,"幸好你也不是太蠢。"他的说话介乎赞赏与轻蔑之间。

志成看着他的表情,觉得复杂,但他不想深究下去,"来!"他向男孩挥手,只想与他一起玩,"你留下来的!"

男孩便和志成步入他的房间,看见志成拼了少许碎块,他便问:"你知道这玩意的名称吗?"

志成摇头。

男孩说:"拼图。"

然后两个男孩子便跪在地上专心地拼起来。

他俩有一模一样的脸孔、身形,如孪生兄弟,但是,如果这房间内有第三者的存在,还是能够轻易地看出这两名男孩子的分别——一个骄傲自信、光彩慑人,另一个朴实、单纯、平凡。

一模一样,却又那样不同。

志成抬头问男孩:"你有名字吗?"

男孩望了他一眼,便说:"你叫我少爷。"

"少爷?"志成似乎也不介意,"是哪一家的少爷?"

自称少爷的男孩说："我是你生命中的少爷。"

志成不明白，继续问："但我和父亲并不打住家工，我们替很多大户人家做衣服。"

男孩忽然冷笑，起初只有形没有声，但不到两分钟，终于发出声音了，一声跟一声，愈笑愈狂："哈！哈！哈！哈！哈！"

那笑声令志成觉得害怕。

"哈！哈！哈！哈！哈！"男孩仍然在笑，笑得脸仰起又垂下，全身摇摇摆摆。

笑够了，他就不笑，然后指着志成说："你永远都要听我话！"

志成问他："为什么？"

"因为，"他说，"你是属于我的。"

志成懊恼了，他皱起眉，"又是为什么？"

男孩忽然站起来，跺脚，表情愤怒，"你真蠢！"

志成不高兴，"你怎可以无故骂人？"

男孩把脸俯下凑近他，然后压低声音说："我喜欢怎样就怎样，你奈我什么何？"

志成答不上话来。

男孩又说："我可以骂你蠢，因为我知道的你不知道。"

志成说："或许，我知道哩！"

男孩干笑了两声，然后便说："告诉我——"

志成望着他，气氛有点紧张。

男孩出题目："为什么水能灭火？"

志成张大口，答不出来。

男孩低低地"哼"了一声，然后望进他的眼睛，说："你永远也及不上我。"

志成的男子气概被激发了一点点，他反抗，"不……我会查出来……"

男孩又仰脸狂笑两声，当再垂头看他时，男孩便说："你永远只是我的跟班，你替我挽鞋还差不多！"

志成终于嬲怒了，他说："我不会替你挽鞋！我只想与你玩！"

"玩！"男孩嘲讽地反问，"你配吗？你问问你自己，你是哪种素质的人，够资格与我平起平坐？"

志成告诉他："人不应该骄傲。"

男孩睁大眼睛，怪叫："你教训我？"

正当志成要回答他之际，大门开启，志成随声音望去，再回望时，他发现男孩已经不见了。

既愤怒又失望，他不喜欢男孩的态度，但又盼望他留下来与自己完成拼图。

既渴望他又不认同他。

父亲回来了，志成便走进厨房，为父亲弄热留给他的饭菜。

他想，他就是想要一个像男孩般的朋友，如果，男孩可以减少他的霸气，那就最好了。

父子俩一同吃晚饭，志成问父亲："世界上有没有两个人一模一样？"

父亲这一次懂得回答他："孪生兄弟就是模样相同。"

"啊。"志成从前倒是不知道，然后他又问，"我有没有孪生兄弟？"

父亲摇头，"没有。"

"失散了的呢？"志成道。

父亲又摇头。

志成说："会不会母亲把另一个孩子交给有钱人收养？"

父亲疑惑了，"你看见谁了？"

志成便说："我看见一个与我长得一模一样的男孩子……"然后他选择这样说，"在街市内。"

父亲说："只是差不多的孩子吧！"

志成便不再问下去。他知道，说出真相也没有人会相信，不如不再说。

他一边吃饭一边盘算，明天回学校查阅孪生兄弟的资料，然后是水能灭火那回事。

他就不相信斗不过他。

当他找到答案后，又花了时间阅读恐龙的故事，另外又看了一些爱迪生的发明历史。看罢，就满足了，知得愈多，愈不怕那男孩霸道的发问。

当男孩再出现时，志成就说："当水大量地被喷射到燃烧物的表面时，由于它的吸热本领强，燃烧物的温度便下降，如果温度低于燃点，火便会熄灭。"

他一字不漏地把答案告诉男孩。

男孩便说："你只是个死背书的呆子。"

志成不忿，他问："告诉我为何会有孪生兄弟？"

"哈！"男孩笑了一声，"考我？"

志成流露着骄傲的神情。

男孩却懂得回答："孪生兄弟的形成有两个情况：当母体排出一个卵子，受精了之后分裂为二，形成了两个胚胎，每个胚胎分别发育为一个独立婴儿，这称为同卵双胞胎。这种孪生兄弟的外貌会非常相似。而另外一种双胞胎的成因是异卵双胞胎，当母体排出的卵子有两个，两个卵子又同时受精，就会发育出独立的胚胎，这一种的孪生兄弟外貌不相同。"

男孩轻松地通过了志成的挑战。

志成觉得他很厉害，"你真的懂！"

男孩说："所以你要屈服于我。"

志成问："你与我是孪生兄弟吗？"

男孩瞪着眼，表情惊讶，"你？我？"然后又是笑，鄙夷地笑。

志成再问："那么你从哪里而来？"

男孩的表情便不再如前嘲弄了，"你问得真好。"然后他告诉眼前这一个什么也比他差一点点的小朋友，说："我由一个至高无上的地方而来。"

"什么？"志成不明白。

男孩说："我就是你的优秀版本。"

志成皱眉，感到非常迷惘。

男孩轻轻一笑，"我是你那聪明、自信、有品位、勇敢、英俊的版本。"然后又说，"你是我的下等货，又或称作次货。"

"不！"志成握着双拳，突然感到厌恶，"你乱讲！"

"对不起，因为我的存在，所以你永远只能平庸、没出息、次等。因此，你永远要仰慕我、崇拜我以及模仿我。"说罢，男孩高兴满足地哈哈大笑。

志成下了逐客令："我不要再见到你！你以后也不要再来！"

男孩收敛起笑声，转瞬间就目光炯炯，他牢牢地望着志成，继而说："发恶？我是你来命令的吗？"

男孩的声音突变，变成如成年男人般厚重。

由于事出突然，志成看见小孩面貌的他，却听见大男人的声调，免不了心生怯意，他稍为后退半步。

男孩说："我是你的主人，我想怎样就怎样。而你，我要你怎样，也就怎样。"

说完后，男孩逐步移近志成，最后，大家面贴面了，本来只在四目交投，冷不防男孩忽然张开大口，愈张愈大，已经大得不像一个人的脸了，那简直就是橡胶人才可以做得到的事。

志成吓得向后缩躲。更可怕的事发生了，男孩的口张大得如鬼魅，继而一口把志成的头颅吞噬，那张大的口含着了志成的脸，志成在那大口内挣扎、窒息、尖叫。在这一刻，他才醒觉，这个比他各方面都优胜的小男孩，根本不是来与他做朋友。

"放过我——"志成双手乱抓，他恳求。

他的表情痛苦，以为自己快要死了，却在偶然张开眼时发现那个大口早已不存在。

男孩又再消失得无影无踪。

他来去自如，他任意妄为。他话事，他发号施令，他要另一个他驯驯服服。

他控制他，他玩弄他。

他不是来与他一起玩的，他是来玩弄他的。

他是主动；而另一个他，只是被动。

从此，志成等待男孩的心情便不再相同，他有更多准备时间，要与那个自傲的漂亮男生竞争。

"你吓我？好吧，我没有你的怪异，我让你扮妖怪。你比我好？也好吧，我让你逞强，只是我也不能输。"他下了决心。

有一次，当男孩来了之后，志成把握机会发问："告诉我，为什么血是红色？"

男孩不慌不忙，便回答了："因为血液中有红细胞，而红细胞中含有血红素。"

志成不得不服气。

轮到男孩发问："告诉我——"

志成瞪着眼，他希望那问题是有关乘法口诀表的，因为他刚学会了背诵；又或是关于火山的，科学课上才刚教完；更或是英文的动词运用也不错，他很熟悉。

然而，那问题却是："海市蜃楼是怎样产生的？"

"啊？"他在心中叫了一声，他连海市蜃楼是什么也不知道，未听闻过。

男孩看透了他，冷冷地笑。

当然后来志成就查到了，但唯有等待下一次才能回答。亦因为不能看着自己输，志成的知识水平比同龄小孩高很多，他一直考第一，后来更跳了一级。

大家也称他作"天才儿童"，只有他自己才明白，事出有因。

他暗暗地感激那个男孩子。

男孩的品格虽然差劲，但也有功劳。

志成已体会到，他与他之间的复杂关系。那男孩还是没有名字，有时候他迫志成称他作主人，有时又是陛下，亦试过要志成称呼他为天主。志成知道他太不像话，死也不肯叫。

如果不是那个男孩，志成只会是个满足于现状的小学生。

志成是明白的。

青春期到了，志成开始变声，又长出稀疏的胡子，外形尴尴尬尬。而那男孩，成长得与志成一模一样，只是他的眼睛很有神采，没有那些丑胡子，他有的是一大片的青色平原，早上剃了晚上就浓密地长出来。他的声线早变成大男人那样，充满力量。当志成脸上长满暗疮，他却一颗暗疮也没有。他是完美的、无瑕的，光洁明亮，如一个王子。

他自称王子，然后强迫志成称呼他。

"不叫！"志成觉得无聊。

王子说："但你不能否认，你内心的深处正认同我。"

"我认为你鬼鬼祟祟。"志成不理睬他，他正忙于在裁缝店的布匹仓中挑选布料，他现在于课余时间正式学做旗袍。

然后，他感到脸上赤赤痛，伸手一摸，发现脸上长了很多很多脓疮，比往常多了十倍。

"你……"志成指着他。

王子说："你跪拜我啦！"

"我干吗要跪拜你！"志成很愤怒。

王子说："并且赞美你的主人！"

志成斥喝一句："无聊！"

然后，他连手背上也长满了暗疮，变成了毒疮少年。

王子说："你是麻风病人。"

志成说："好了，别过分。"

他不满意，可是王子似乎更不满。他以成年男人怒吼时的声音道："你以为我是玩的吗？我要你怎样称呼我你便怎样称呼我！你以为你是谁，与我讨价还价？"

志成的心一寒，便噤声。原本，立定主意不怕他，但王子身后有一股气场，令人无能力抵抗恐惧。他怕了，寒意由皮肤渗进肉中，再渗入骨。

他低声说："王子。"

王子听罢，仍然不满足，"我改变了主意。"

志成屏息静气。

王子说："叫我主人。"

志成叫不出口。

"叫我主人啦！"主人于是呼喝他。

志成抬起头来，望着这个人，这明明只是他自己，只不过比他好一点点，就能成为主人吗？

不甘心、愤怒、无奈，统统压抑着，沉淀到心坎的最深处。

主人问："要不要连内脏也生疮？"

志成担心，他知他做得出。"主人。"终于也叫了。

主人笑了，是那种熟悉的狂笑："哈哈哈哈哈！"

今日，大家都十多岁了，那笑声，当然雄浑得多，是故也恐怖得多。

他在狂笑中说："叫了一次主人，我就是你终身的主人！"

主人开始推碰他，先推他的左边肩膊，他向后退了，又推他的右边，眼看他没还手也没倒下，主人便索性双手一起推，用力猛了，志成便跌下来。他很想哭，这是屈辱。

"人丑、脑袋又蠢，推两下便坐到地上，为什么别人死你却不去死？"语调十足像那些欺压低年级学生的霸道少年。

志成垂头咬着牙，他想辩驳，却又不知怎去反驳他。有时候，他也自认是这样——又丑又蠢，是一个无能力反抗的无用鬼。

主人叹了口气，"唉，算了吧，你闷死我。"

志成问："告诉我，你可否放过我，不再来烦我？"

主人流露着啼笑皆非的神态，"我烦你？当初，是你每天等待我，祈求我的来临。"

他又说中了，当初的确是如此。

"所以我才选中你嘛！"主人轻佻极了，"是你选了我呀！"

志成又沉痛地叹息，说："现在我不盼望你来了。"

"不！"主人像听到不可置信的笑话那样，"才不！你不知多想我来，你不知多喜欢我！"

志成反抗，"我不喜欢你！"

主人笑，笑完之后说："你很喜欢我，因为你想变成我。"

志成抬头望着他，看了那么一刻，忍不住哭了出来。

是的是的，的确如此。他希望似他，充满着世间一切智慧、无敌的自信、无所惧怕。

所向披靡，英俊挺拔，而且，可以控制别人，而不是被人控制。

"爱哭鬼，不要哭了！"主人用手推了志成的前额一下，志成就全身震荡，他看见主人的形象淡褪，然后隐没，而他全身上下的脓疮，就在同一刻消失。

他没有噤声，却一直哭。他知道，他与他以后都会没完没了，他会永远地屈服于那个自称主人的凶恶少年之下。

志成就是这样长大，避又避不过他；说得准确一点，他与他，是这样一起长大的。

他欺侮他，他忍受着他的欺侮。相生相克，是另一种相依为命。

在十六岁那年，他缝制出第一件旗袍。那是一件粉橙色的旗袍，印有梅花，有袖，双绳边，粉红色蝴蝶形盘扣，单襟，领子高，长度及膝，小开衩，这是一件精致的作品。

然后他发现，做旗袍的专注与盼望，使他能暂时脱离他。缝纫机平稳而连续的声音，是最有效的安慰剂，抚慰了他年轻却没停止受创的心灵。

在旗袍的温柔中，那欺压不存在、无处可站。

卑鄙的事情，无法在祥和与柔情之中站得稳。

父亲带他进进出出富有人家的大宅，替那里的太太小姐做旗袍。他长得正气，也年轻，度身的工作就由他做。很多时候，女人会与他说说笑，赞他长得英俊，又问他有关学业的事，志成总是开朗光明大方地回应，女人都喜欢他。

富家公子有时候会坐在一旁欣赏妻妾们度身和选择布料的画面，因为，看着喜爱的女人被陌生的男人量度尺寸，是好看而性感的事，女人都有那仿佛红杏出墙的妩媚之态，特别婀娜娇嗲。

公子们风花雪月，以茶点招待志成父子，父子俩客套地吃一些，然后，又把旅行的照片给他们欣赏，那是二十世纪五十年代，并不是很多人去过欧洲旅行。

志成父亲看得很有兴致，志成也看得专心，公子则在旁边解释："这里是意大利，看，这就是著名的叹息桥，你们准一世人也没过，很诗意的呀，与中国人所造的桥完全不一样……"又说，"那是法国人的凯旋门，不错吧，这个角度，能够把整个建筑物无遗漏地拍摄下来，很考技巧。"

然后，是西班牙的照片，"噢，看过后有了见识，你们便可以告诉别人，西班牙是什么一回事。这是巴塞罗那，很有艺术气息吧！而这座古怪奇特凹凹凸凸的建筑物，哈，叫什么名字……"

太太走过来看，说："叫什么大圣堂吧！"

志成说："是圣家族大教堂，十九世纪末期由著名建筑师高迪建造。"

大家感到愕然。

志成指了指照片，又说："这是其中的一个方向，名为'基督之爱门'，上面有六位音乐天使。"

公子与太太不作声，而志成的父亲则有点尴尬。

志成父亲不好意思地说："小孩子胡乱说话。"

公子便说："他又说得很对呀！裁缝仔，有点墨水啊！"

晚上回家，父子俩相对吃饭，父亲说："志成，我可没法像富有人家般栽培你。"

志成微笑，对父亲说："我喜欢做旗袍，你放心，中学毕业之后我会正式帮助你。"

志成父亲似乎放心了，"我们不用懂得那么多，只懂得一门手艺就好。"

志成应和了一声，但他的心愿当然不是如此。

在他十八岁那年，父亲中风，不久后便去世。志成非常伤心，还差一年才中学毕业，但不得不辍学，他要继承裁缝店了。他怀念父亲，常常哭肿眼睛。父亲用过的剪刀、尺子，纸样上的笔迹，都留下了那么浓厚的气息。世上，已没有亲人了。

静静地独坐一角，志成会想，这些时刻，他不介意那个他到来。他希望知道，这世界上，仍然有一个他熟悉的人存在。活着，真是很孤独。

有一天，他又来了，志成对他和颜悦色，"有什么要考我？"他问得甘心而温和。

"当然有！我是你的主人嘛！"有着十八岁半熟美少年姿态的他，把脸仰上半分。

志成不抗拒，等待他发问。

主人说："告诉我——"

志成微笑。

主人继续问："你想不想父亲重生？"

志成一怔，微笑瓦解。

主人又说："但当然，有条件的。"

志成问："是什么？"

主人笑，"你很想吧！条件是，你要叫我父亲。"

志成立刻拒绝，"你妄想！"

主人瞪着眼，"叫我一声你就能救回你的父亲啊！"

志成说："我不会跟着做。"

此刻，他极后悔盼望过他的来临。这个人，真令人又爱又恨。

主人就说："早说过你不识抬举！"

志成不理睬他。

主人又说："最后一次机会。"

志成把他赶走，"我不要见到你！"

"好吧，他永远不会与你相逢。"主人说。

志成反问他："你又知道我们不会再相逢？一日我也死了，我与父亲便能重聚。"

主人微笑，而这个微笑拖得很长很长，长得突兀。

他说："你可以肯定你有这一天吗？"

志成说："你不会不让我死吧！"

主人耸耸肩，"看情形吧！"

志成那时候没把这嚣张少年的话放在心上，他继续打发他走，满心烦厌。

日子，比往常更孤独封闭。

带着伙计，往往来来豪门大宅，一天又一天，专心一意地做旗袍。五十年代中期至后期，流行的旗袍都是贴身修腰，短短的，长度在膝盖上或下，女士都为玲珑曲线而下一番苦功。有些旗袍料子是透明的，暴露的地方其实只有颈项以下三吋位置，却又是那么婀娜性感。最受欢迎的是印花布——条子、格子、花朵、图案，边缘处配上喱士，加上花扣，再配上珍珠链，女性最得体又妩媚的形象，便创造了出来。

志成的手工很好，差不多比得上他的父亲，常常受到客人的推介，有时候生意多得接不下，他就不接了。他的旗袍，都是他亲手做的。

不知不觉，志成二十二岁了，已变成一个大男人，长得健壮、英俊，言行谨慎内敛，为人忠厚谦虚，他的品性，百分之一百遗传自他的父亲。

有一次，主人走进裁缝店，站在他面前，问他："告诉我——"

志成说："我正忙着，没空回答你。"

主人说："我是想问你，为什么你跟了我那么多年，你还学不到我的一成？"

志成抬头，正想说些什么之际，主人却说："所以你比我低俗得多！"

说罢，就在大笑中消失。

志成觉得他无聊，他其实想辩驳。青春期过后，志成已与那个他的距离拉近，志成也长得轩昂得体，当然，气度与那个他还相差很远。他们已是一对绝对相似的身躯与镜子，真人与镜子，同卵相生的孪生兄弟。但志成的身份是裁缝，一个裁缝是谦恭的。

就在这一年，志成遇上小玫。

小玫是大户人家的千金，是蓝家唯一的孩子，听说父亲有偏房，但小玫的母亲不予承认，蓝太太才是蓝家的掌权人，家族的茶庄属她所有。

那一年小玫二十四岁，比志成年长两岁，待字闺中。早前，她往美国留学，但只待了一年，不喜欢，于是又回家来。她读的是大学第一年，但没学到什么，连课也不爱上。美国，令她最怀念的是爵士乐，当地的舅父开了两家俱乐部，她常常窝在那里听歌。回家时，带了大量的唱片回来，天天在家中播放。

家族拥有的茶庄在台湾，他们主要经营转运茶叶往欧美的生意，在香港只有一间小门市。小玫的家在一个山头之上，四面环山，没有公路往市区，这山头上的路都是家族的私家路。

小玫很少外出，她不喜欢交际，性格很内向，但气质并不是害羞的那种姑娘，小玫的气质是高傲的。

优雅、冷冷、淡淡。

蓝太太听说女儿想做旗袍，便为她找来不同的师傅，她也不介意每个都试试。本来她穿洋装，但从美国回来后，她说她只想穿旗袍。

志成被接到大宅的那一天，在偏厅待了许久，差不多一小时。工人说，小姐有点事，要他再等一等。志成等得闷了，看见窗外是个玫瑰园，于是便走出去看看，那真是个很漂亮的玫瑰园，一丛一丛，种了不同品种的玫瑰花。

玫瑰园很大，他愈走愈远，然后开始有音乐声，轻快的，透着不吵耳的热闹。

然后，他看见一个女郎跪在地上挖泥，她把玫瑰幼小的根茎一株株放进泥洞中。女郎头上系上丝巾，布衣的袖挽起，戴上手套，穿裤子，脚上是旧旧的劳工靴子。

女郎背对着他，当感到身后有人，便转过脸来。

她望着他，半晌，笑了笑。

女郎有好看的脸，志成不介意与这面孔的主人说话："嗨，你种的花很漂亮。"

女郎说："这里所有玫瑰都是我种的，这么多年来也由我一手种植。"

志成说："花了很多心思。"

女郎见他有兴趣，就站起来，指指左边的桃红色玫瑰："这品种叫涟漪，只有两层花瓣，很大朵，不太香，但样子清秀。"

然后又指向一丛白玫瑰，说："白色的叫雪地华尔兹，盛放后花瓣会向外卷。"

她走了两步，站在一丛忌廉色的玫瑰前介绍："这是天鹅，很大朵，一朵有六十片花瓣以上，花蕾是白色的，绽放后便变为忌廉色，但雨后，雨点会为花瓣打出一点点的水印。通常一般玫瑰在雨后会更艳丽，唯独天鹅不一样。"

她继续走前，又说："这一种深粉红色的，圆圆的，有一个漂亮的名字：Breathless……Breathless 中文即是……"

志成替她说了："屏息静气。"

女郎望着他，怔了怔，低哼了一声，她想不到他的英语那么好，"是的，屏息静气。"

然后志成问："正在播放的是什么歌？"

女郎说："Duke Ellington 的爵士乐，你有没有听过？"

志成说："Duke，即是公爵，但我没听过。"

女郎微微一笑，"你也知道 Duke 是公爵，可知他所领导的音乐，是多么有气派与格调。"

气派与格调，志成仰慕这样的形容。

志成问："你们的小姐喜欢听？"

女郎又笑了笑，"是的。"

志成又问："你们的小姐喜欢玫瑰？"

女郎点头，"因为她叫小玫。"

志成又说："但她种的都是大种玫瑰。"

女郎忽然觉得很可笑，她连续笑了很多声。

志成指着一种大大的、橙色与黄色混合的玫瑰，问："那种叫什么名字？"

女郎说："Michelangelo。"

志成说："米开朗基罗？那个伟大的雕刻家？"

女郎说："他更是建筑师与画家。"顿了顿，继续说，"这种玫瑰像是从黄色底色画上一条条橙色条纹一样，于是以伟大艺术家的名字命名。"

志成望了望这花园，看到一望无际的玫瑰，然后他便说："你是花王的女儿？"

女郎说："我是花王。"然后女郎反问，"你是来做旗袍的？"

志成说："是的，来等你家小姐。"

女郎说："你以后来替小姐度身时，到花园与我说说话啊。"

志成当然不介意，甚至是求之不得，"除了玫瑰，我们也可以谈别的事。"

"当然啊。"女郎笑笑，然后她望望天，说，"太阳太猛烈，我要回去了。"

说罢，她走到有帘幕的一角，关上唱机，志成看见唱片封面，Duke Ellington 原来是黑人。

志成问她："你也喜欢听？"

她点头。

"你有你小姐的品味。"他说。

她又点头。

然后她走了，志成则返回偏厅。后来有人传话，说今天小姐不舒服，不度身了，又给志成打赏了少量金钱。志成有点没趣，但因为那花王很讨他喜欢，因此，他决定还是会回来。

晚上，当主人来访时，志成特别留意他的一举一动。那个人的步伐是大步而稳重的，然而却又不沉重，显得轻松而自信。那个人的笑容，正中带邪，目光都在闪；那个人的眼神，能说话；那个人就算挥一挥手，也充满力量。

志成明白，像那个人的话，就十分有吸引力。

主人说："你好像有点不妥当。"

志成说："别管我。"

主人说："我管你？明天你跪地求我，我也不会理会你。"

志成说："我求你做什么？"

主人说："明天你便知道。"然后又补充一句，"放心，我不会怪你后知后觉。"

翌日，志成起床后便接到通知，茶庄的小姐想他再走一趟。那样，志成就精神抖擞了，他决定先买一束玫瑰。他看到不同颜色的玫瑰，不知是什么品种，好像没有她亲手栽种的漂亮，然而，玫瑰就是玫瑰，他还是想送给她。

志成买了一大束玫瑰，他把玫瑰和随身用具放到一个大盒中。

被接到山中豪宅之后，这一天他不需在偏厅中等待，工人直接领他到小姐的房间。那房间在三楼，沿路而上，传来抒情但轻快的爵士音乐，志成知道，今天的工作大概会是愉快的。他在转角处向窗外望去，那片玫瑰花园上，没有漂亮花王的影踪。临走时，他要查探一下。

工人领他走到一个大房间，志成把门推开，便看见坐在落地玻璃窗前的一个女子，她背对着他而坐，那法国式的浅蓝宫廷座椅后，志成只看见她的半个头，还是背着他，只有黑头发的半个头。约四呎之距，就是唱机，黑胶唱片在转，音乐是没有歌词的，无人在唱，只有萨克斯风、喇叭与钢琴声。

座椅旁是小茶几，放有一盅茶，旁边有一大束玫瑰，淡淡的粉红色，花瓣上有锯齿边，条线细致，这种玫瑰出奇地美丽。

志成走上前，脸上早已挤出客套谦恭的笑容，正想鞠躬之际，就看见小姐的脸。

小姐抬起头来，眼睛明亮地闪动着亲切的光芒，嘴唇似笑非笑。她的头发梳得整齐，坐姿随意却优雅，身上穿着米白色旗袍，暗闪着隐藏的玫瑰纹，领上与襟上是白色喱士，在左边襟的位置，插上两朵浅紫色玫瑰，一大一小。

小姐的笑容绽放，就如一朵玫瑰，她说："花王冒充小姐啊。"

然后她笑了出来。果然，玫瑰绽放了。

志成的脸瞬间红起来，他猜不到。

小姐说：“你不是想说我昨天更好看吧！”

志成在心中真的哼了一句："其实是昨天那个比较……"但他当然不可能这样说。

她指一指旁边的座椅：“坐吧。”

志成坐下来，他还未曾说过一句话。

小姐说：“你答应过我会与我说话。”

志成期期艾艾："我……不知道你就是……"

“所以不肯和我说话了？”小姐问，“你有阶级歧视。”

志成不好意思地笑。

然后小姐说：“你就当陪陪我，很少人陪我说话的，玫瑰又不懂得回答我。”她轻轻抚摸茶几上的玫瑰。

志成问：“这又是什么品种？”

小姐高兴地回头看他，“Anna Pavlova[①]。”

“很美。”志成赞赏。

“是的。”小姐很高兴，她自我介绍，“我是蓝小玫，叫我小玫好了。”

志成说：“我是李志成。”

然后小姐伸手出来。

---

① 安娜·巴甫洛娃（Anna Pavlova），20 世纪初芭蕾舞坛的一颗巨星。

志成看见，愕然了半秒，才懂得把手伸出来，与小姐的手一握。小姐的手前后只伸出来五秒，但志成会在以后的日子记起，小姐的手有多漂亮。

小姐，真是很漂亮。

志成的心情很紧张，但觉全身肌肉在萎缩。

小姐怔怔地看了他数秒，继而又把她脸上的微笑再勾得大一点，她想他放松。

志成清了清喉咙，正努力不要让自己失仪，他开始找话题："花园……"

小姐礼貌地等待他说下去。

"源自上古时代……"志成开始说出他对花园的知识，"在上古时代已灭亡的巴比伦帝国中，相传有世上最美的空中花园，尼布甲尼撒二世为了不想他波斯籍的妻子受思乡之苦，因而建造那座平台层层、草木扶疏的花园。花园代表天堂般玩赏乐园的理想。"

小姐很愕然，因从来未有听闻过，她的反应是："啊呀……还有呢？"

志成说："希腊人发明了神圣树林的概念，花园是献给神的，而神祇也有祂的花园。譬如宇宙大神宙斯的正室希拉，就拥有诞生金苹果的花园。"

小姐摇头，感叹着："太神奇太好听了，说下去吧！"

志成得到鼓舞，开始显得有自信，"意大利人的花园，是百花混合的。中世纪时代，他们流行一种幽闭花园，花草混合一片，没有分设小径，也没有后来欧洲流行的几何图形花圃。"

"你听过秘密花园吗？它就是文艺复兴时期的娇小天地，通常在大花园又或是大园地、大建筑物的隐蔽角落，绿意盎然，宁静又迷人，十分浪漫。"

小姐又再"啊"了一声，然后说："我知道法国宏伟的皇宫花园……"

志成就告诉她："法国式花园是平衡的艺术品，像刺绣一样，有严格的规律，规模庞大，着重古典的平衡。花园变成建筑物的延伸，方圆数公里都是结构严谨的几何图案。"

小姐说："我还是喜欢小型的花园，像画家莫奈的荷花池。"然后，小姐便没说话，只瞪着他，感到不可思议。

后来，他们又谈了片刻，小姐提议到她的玫瑰园走走，因为晚霞将至，一定会十分漂亮。

两人走着，志成跟在小姐身后，小姐的感受有点陌生。原本，她只认为这裁缝可让她消磨时间，她猜不到，他竟然拥有让她敬佩的知识。太奇怪了，于是，倒是她变得不好意思。

走在玫瑰园中，她说："你说我的花园是哪一类呢？"

志成说："是个人主义的花园。"

"啊！"小姐又发出这个单音。个人主义。

晚霞来了，天际是橙红色的，是一亿朵玫瑰的汁液调和而成般美艳。小姐满足地望着天际，她有非常秀雅的侧脸线条。

志成想起一回事，他箱子内的玫瑰。最后他还是把箱子打开，拿出那一束已倦怠的玫瑰。

小姐看见了，脸上流露着喜悦。

志成说："未来这里之前，我买来送给……"

小姐抢着说："花王。"

她接过了花，志成傻笑。

"谢谢。"她凑近花中央，"很香。"

晚霞渐暗哑，夜幕快要垂下，小姐把他送走。这一次，裁缝又没有替小姐度身。

坐在接送的房车中，志成的脑袋变成真空，今日，实在太刺激。

本来，他有心追求一个花王，可是，却碰上小姐。他已没再想"追求"这回事，只是，心情，仍然悸动。那半小时的车程，正好舒缓刚才他说过的每一句话的紧张。

小姐的姿态神情仍在他的脑海中荡漾。入夜了，他仍然感到难以置信。

回家后，他就发呆，饭也没吃。

那个人由大门大模大样地走进来，动静似是刚回家的家庭成员。

志成望着他开门关门的模样，那种潇洒利落，与自己那么不相同。在这一刻，他但愿他真的是他。

假如自己是这个人的话，就能确保不会在小姐面前出丑。

志成很想很想百分之一百像他一样。

主人看透了他劣等次货的心意。志成的目光中流露着恳求的神色。

主人挂起胜利的笑容："想模仿我？"

志成说："她是千金小姐。"

主人侧起头，目光嘲弄又轻佻，"高攀不起人家哩！"

志成否认，"我已没有追求之意。"说罢，又觉得自己很可笑，"我只想别失礼人前。"

"啊！"主人恍然大悟，点点头，"你又真是次一等。"

志成不得不承认，也无从辩驳；是真相，只好任由他揶揄下去。

"来吧！"主人弯身，勾了勾手指，像逗弄小孩那样。志成讨厌他这姿势，却又不得不随他站起来。他不是害怕他，在这一刻，他倒想听他的话。

他俩面对面。究竟，谁是真人，谁才是镜子？

主人说："跟我的表情做。"

主人流露着自信而端正光明的表情，那是头微仰的，嘴唇紧紧合上，目光内暗暗闪着光芒。

他说："我——"

"我——"志成跟着说。

主人纠正他："声线雄厚一点，调低一点，要充满男性魅力。"

"我——"志成又说。

主人说："加上刚才的表情。"

主人在志成跟前显出尊严的气派。

"忘记你只是个裁缝仔。"

志成尝试着，但刹那间，又放不下身份。

主人说："就当你是我。"

志成望进主人的眼睛，这个人，有多么具魅力的眼神。

充满张力、复杂、深不可测。

这就是男人的魅力。

坚定的，强势的，叫人屈服的。

高高在上，无惧，能操控一切。

是的，就变成他。

只有变成他，才能与她匹配。

从今，不再是一个裁缝，他要变成一个她景仰的男人。

志成深深吸了一口气，把眼神集中。

他看见，跟前的男人在微笑。

他也下意识地跟着做。

从今以后，就心甘情愿，名正言顺地模仿他。

下了这决心，就一切放心。

主人忽然侧起脸，神情高傲，把肩膊移向前方，向前踏了一步。志成明白了，他在教他身体语言。

自此，主人与他都没再说话，他细心留意主人的每个姿势，他要学到十足。

主人昂然阔步，继而单手插袋。后来又转身，低头沉思。

志成依样昂然阔步，又单手插袋，转身，沉思。

主人伸开双臂，头一侧，自转了一圈，脸上有自豪而愉快的神色。

志成也伸开双臂，头一侧，模仿着那种潇洒的自转，神情亦开朗而自豪。

主人伸出左手，头往后仰。

志成伸出左手，头也往后仰。

主人的左手打着拍子，拇指与中指发出富节奏感的节拍。

志成的左手亦能做出同样的动作。

一、二、三、四。

一、二、三、四。

主人仰脸而笑，露出富线条美的下颚。

志成仰脸而笑，他的下颚线条同样美。

然后，主人再笑。

同一时候，他也笑。

两把笑声重叠，节奏一样。

主人双手一拍，洒脱地走前。同一时候，志成也做出相同的动作。

已经不再一先一后了，他们其中一人是面镜子，他们的动作已融合起来，相同而一致。

一同举手一同提脚，一同笑，眼眉一同扬起。不用望着对方，已动静姿态一致。

他与他已十分相似；似他，他便有信心。

若有一秒不似他，便觉力不从心。

他就是他的力量，他的依靠，他的光荣，以及他的宗教。

那个夜，屋子里有如出一辙的两个男人，像表演舞蹈那样，做着同一套细节。

像刚刚出生般，他尽情吸收尽他的一切。

似他，似他，似他。

这是多么漫长又美妙的一夜啊。志成但觉他已重生。

隔了一天，大宅的房车又来接他去见小姐。志成的神态已经不一样。

他穿得光鲜，簇新的恤衫和西裤，他已不似一个裁缝，倒像一名公子。

当他在偏厅等待工人领他到三楼时，他是站着的，双手反扣在背后，悠然自得。

他不再谦恭，不再似个小人物。

他已不再是自己，他已是他。

勇气就由此而来。他已是个男人。

工人把他带到小姐跟前，这次小姐是站着迎接他。小姐穿粉红色绢面旗袍，没有印花，领子与手袖的绳边则是深红色，她的襟上，照样插着玫瑰，今天是三朵，血一般红。

他走到小姐跟前才释放出一个微笑，而且那微笑持久。

小姐看着，不知怎的，就面红了。

他看见她脸上的暗红，他有种成功感，知道自己做得对。

"小姐。"他朝她点头。

小姐吸了一口气，对他说："今天，"她再吸一口气。"轮到我向你讲解。"她笑。

志成皱眉，流露着疑惑的神情。

小姐走到唱机旁："告诉你，我喜欢的音乐。"她放下了唱针。

志成恍然大悟，这表情，仿如那个他上了身。

唱片转出小喇叭的旋律，后来又来了伸缩喇叭、萨克斯风和其他木管乐器。

小姐说："Duke Ellington 哩，由二十年代一直称霸爵士乐坛，现在我们正走向六十年代，他在爵士乐的世界中，地位仍然超然。"

志成没有发出任何声音。他不会再像个小学生，而只会用情深的眼神，诱惑地望着她。

小姐有点不自然，她笑了笑，说下去："Duke Ellington，著名的是他作为乐队领班的身份，他总能巧妙地制造出如刺绣品那样调和的音乐。"

志成忽然勾出一个微笑，小姐看得瞪着眼，但仍然镇定，继续说："只要你曾听过他的一些作品，就会一直喜爱他。"

志成的笑容更加迷人，他已站得与她接近身贴身。

小姐不知怎么办好，她垂下眼，又抬起来，唱片转出如夜里猫咪叫那般的缠绵喇叭声。她找着该说的话："这是 *Mood Indigo*，他其中一首最著名的作品。"

就这样，灵感到。志成一手抱着她的腰，一手托着她的手，带她旋转起舞。

冷不防他有此举动，她的脸又涨红。抬眼偷看他，他目不转睛地凝视着她。

她觉得自己的心正狂跳。很可怕很可怕。

他抱着她轻轻转了一圈，温柔地，曼妙地，情深地。他感受到她纤巧柔软的身体，近距离才领会到的香气，他知道什么是感动。她垂下的脸上，眉毛是那么幼细，像是刺绣在她脸上般巧夺天工。

这一刻，他抱着的是全世界。

然后，他也合上眼，他把脸微微仰起，一辈子，只生存这一刻，也足愿。

他爱上了她。

无人言语，只有那如猫叫的奇异音乐。

这首歌很短，当一首轻快的歌响起来时，她便挣扎走开，腼腆地笑了笑，"快歌。"她呢喃，不自然地拨弄秀发。

她抬眼，看见他那双剑眉星目中，有一千种信号。

忽然，房间外有工人的声音："小姐，太太回来了。"

　　她这才惊魂稍定，她对志成笑了笑，说："我送你下去。"她擦过他身边，冷不防全身就如触电，只好停步下来，回头望向他。

　　本来，她想问："你究竟是谁呢？"

　　是谁，叫她有那陌生的悸动？

　　呼——

　　但说出来，是这一句："我们又没有度身了。"

　　然后，匆匆回头，急步向前走。

　　志成跟着她。他俩一直往下走，没有说话。在地下的大厅中，志成看见一个高贵的中年妇人和年约三十岁的胖胖男人，那男人穿着名贵的西服，架眼镜，笑容灿烂地迎向小姐。

　　"小玫，"高贵的妇人是小玫的母亲，大宅的蓝太太，"高先生来与你喝下午茶。"

　　小姐笑了笑，蓝太太则朝志成望去，于是小姐说："是裁缝师傅。"

　　她这样说。

　　接着，小姐坐在大沙发，工人把志成领走。小姐没向他望一眼。

　　志成不得不如梦初醒。对，他始终是裁缝师傅，她始终是小姐。

　　房车把他送下山。他看着自己的一双手，曾经抱过她又牵过她。在这一刻，他的心才知道乱。

无论如何，也是开始了。

小姐心不在焉地与高先生喝下午茶，她听见母亲说，星期六她们一家人会与高先生到郊外看跑马。

她应了一声，继续心不在焉。

她也是开始了。

她的病症是这样的，她伏在三楼的唱机旁，冒着汗，任由太阳暴晒也不坐起来，重复又重复，播着同一首 *Mood Indigo*。

汗湿透她的背，浅色旗袍贴着她的身体，性感无双。

她崇拜浪漫酷爱浪漫，她知道最浪漫是跟他私奔。

私奔。

可是，他是一个裁缝！

她的表情变了，有那愤恨。

变得完全不可能。

太阳照样暴晒下去，连胸膛也渗汗了。

插着的是一种血红色的玫瑰，名字就叫作 Love。

轰轰烈烈，激荡神驰，所向披靡。

那叫作爱情。

她觉得她快要死了。

"噢……救救我。"她低声地叫着，太阳把她的鼻子晒红了。

她满脑子都是这个男人，爱情的玫瑰盛开得很香艳。

与那位高先生看过跑马后，小姐的心更是想念着那个人，他英俊、浪漫、性感，而且，叫她意外。

她想他，她想要他。

马匹与自己有什么关系？拉头马有多兴奋？统统都不过尔尔。高先生很开心又很紧张，母亲说，他有一个马场，她知道，她将要嫁给他。

小姐并不抗拒嫁给高先生那种男人，他保障了她的生活无忧，这种婚姻，是合衬的。然而，她也想要爱情。爱情爱情爱情，由一个英俊的裁缝手中，珍而重之地握着，热情激荡地，正一点一滴送给她。

不过分吧，未结婚的女人，偷偷享受着一段没结果的爱情。

那个周末后，她又叫他上来，她想念他想得很着急。

那天下午，她斜斜地躺在一张粉红色的贵妃椅上，她穿着忌廉色的麻质料子旗袍，外层的料子是通花的，是从法国运来的布料，穿在身上便有法国风味：矜贵，却又野性。

她甚至没有站起来与他打招呼，一直都侧卧在贵妃椅上，拨弄着一把西班牙的折扇。

眼神有热炽的渴望，芬芳有如玫瑰。

她感受到一股淫荡。

她拍了拍腰前的位置，他便坐下来，与她坐在同一张椅之上。很亲密了。

她溜了溜眼珠，含笑，说："今天……说什么才好？"

志成早有准备："玫瑰的故事。"

她首肯，她批准。

志成便望着她的眼睛，告诉她："古希腊神话中，天地初开之时，玫瑰是白色的，因为爱神 Aphrodite 赤足奔跑过玫瑰花田，足踝被刺伤了，血淌在玫瑰的花瓣上，玫瑰嗜了血，才变成红色。"

他的眼睛锁着了她的，她离不开。她只好深深地吸一口气，心跳得很厉害。这个男人的眼神，如一团火。

要……败阵了。

她惧怕，是故只好动一动。她拍了拍扇子，又再溜了溜眼睛，故意自然地微笑，她问："关于我的故事，有更动听的吗？"

她放松，他也跟着放松，他说："白玫瑰是静默之神，把一朵白玫瑰插在身上，你告诉别人秘密，听秘密的人便不会把秘密传扬开去。"

她闪亮着眼睛，笑说："秘密……"然后是一连串笑声。心中有了点共鸣，她说，"那么我要插一枝白玫瑰。"

志成却回应："我们有秘密吗？"

他的眼神深邃又神秘，而且……诱惑。

她又惊恐了，眼神闪动不定。是的，那该是个怎样的秘密？他俩什么也没做过，会有什么见不得人之事？

没有啊没有啊……

然后，当她把目光安定下来，朝他的眼睛而看之后，真相又显得太过坦白了。那欲望，就是一个秘密。

他的脸凑得那么近，他的眼神，是世上最深沉迷人的。
而爱情，就如玫瑰制造出来的旋涡，在一层又一层花瓣中，
把她卷进去。红色的、温柔的、美丽的、芳香的、甜美的、
激烈的……而又哀伤的。

是不是，将要有一个吻？

她深呼吸，她想低低地叫喊。

然后，他的眼神下降了，下降得很慢很慢，如同随夜幕
而降下的天使。时间，却只是下午的三时，她却已看不见日光。

不知怎算好，唯有合上眼。他的唇就落在她的唇上，是
一种压力。原来，接吻就是这回事。

温暖地包围在一种缠绵之中。

然后，她想要更多。

然后，她就哀伤。

得到了这种感受，下一秒，她就伤心了。

还是那种很重很重的伤心，她的眼角凝住涌上心头的泪。

她的脸一侧，就脱离了他的吻。强忍着，不要泪流下。

不敢望他，她垂下眼说："千金小姐不会嫁给穷小子。"

顷刻，无人言语。

一句话，封锁了他与她。

她的头一直垂下，没有再抬起来。而他，望着她的侧脸，
静默着。

他听见的是一道命令。

立刻就明白了。

他一直望着她，他站起来，离开了她，但仍然望着她。他没说再见，转头就走，他太明白了，这是一种必然的事。

他与她，只能如此。

他走了。当她知道他走了，她就哭出来。哭呀哭，饮泣，不作声。眼泪毁了妆容，毁了原本渴望做点坏事的心情。

原来不是如意算盘那样。在婚姻之外要一段爱情，是力不从心的。

只开始了一点点，就已经很痛苦。

爱情的美，连带着那爱情的痛苦。

爱情，就是玫瑰。

她一直哭，哭到满意了，饱满了才不哭。当脸孔肿起来之后，胃部也差不多哭得要反了。

她已决定，她与他到此为止。那一句话，也是她说给自己听的一道命令。

是的，千金小姐与穷小子，怎样都不合理。感叹是那么长长的一声，她失恋了。

而他，也一样啊，他用手掩着一张脸，垂下来，他很沮丧，男人因金钱而失掉爱情，男人很沮丧。

都说，自己是这阶层的人就是这阶层，他一直只在高攀。

他痛苦地摇着头。然后，反思的意欲来了。他一辈子都在高攀。

高攀着与那个人的友谊，高攀着一个女人的爱情。

统统都不配衬。

从来，他都卑微。

是彻头彻尾的下人。学问，改变不了；态度，也改变不了；努力，亦无补于事。

他是低贱的，用任何方法也攀不起。

很大很大的打击。命运，有着太多太多的主人，争相而来压着他。

那摇头的姿势持续，而痛苦，也同样。

那夜，主人来了，他在他面前崩溃地哭起来，他没有说话，太伤心，就连倾诉也做不到。

男人的眼泪中，有那说不出口的一句："就算我再似你，也不是你。"

无助、苦困、迫不得已。

主人没说话，脸上有一股令他陌生的严肃。他大惑不解，想问原因，但太伤心了，他最后只能继续伤心，没有心力去了解别的事。

伤心，是一个世界，封闭了的世界。

主人望着他哭，他就尽情地哭。主人的脸孔，真的很严肃很严肃。

就这样，志成与他深爱的小姐没见面一个月。

他治疗着失意的打击，而他的小姐则筹备着终身大事。

高先生要往德国工作半年，他希望临行前与小姐订婚。她没异议，因此，便赶制订婚的服饰。

尝试了两个裁缝也不满意，她打算试第三个。虽然志成仍未替她做过旗袍，她依然觉得他会做得好。

也对自己说了，不要就不要，都没有可能要。才不要怕看见他。

不用怕不用怕。只是做旗袍。她好好地，一遍一遍说服自己。

她又请他来了，他一如从前，一叫就来。从来不拒绝她。

他想见她，也以为会相安无事。上一次，她已经说得再清楚不过，任何男人，都会知难而退。

见面之前，他们各有自己的解释。

这一次，她把一个工人留在附近，她想正正经经度身。

志成坐下来等，她由一间房步出来，表情冷冷，横眉一扫，就是大户小姐面对小裁缝时最平常的态度。她叫自己继续冷下去，这就对了。根本，由一开始就该如此。是她常常主动找他来说话谈心，自作孽。

她看着他，没有与他打招呼。上一刻，她本在他跟前，然后一转身，下一刻便背对着他。

她张开手，不发一言。

他替她量度肩膊的阔度，脖子的长度，然后是身长。

他问："请问小姐的旗袍要求什么长度？"

她说："一长一短，长的那件到足踝，短的贴近膝盖。"

他照着做，她感应到他的指头触碰到她膝盖背后的位置，她的小腿就有点发软，酥酥的软。

她害怕这反应，因此故意说："手工好的话，婚宴上的旗袍也交由你做。"

他的心伤了，没有回话，继续他的工作。他的表情也是冷冷的。

他站起来，轻轻说："小姐，请把双臂张开一点。"

她照做了。

他替她度了上围，软尺轻触她的胸脯，他有点紧张，记下了数字。

然后，他又替她度了腰围，她的腰很细小。

最后是臀部，她有完美的数字。

本来，志成对于他的小姐心存一些愤慨，但在完成这些量度后，愤慨又不在了。度完了，他就要走，他发觉自己有点不舍得。

上一回，才吻过她。一切，就仿如隔世了吗？

究竟有没有吻过……

他凝视她的背影，有点迷茫。

她仍然背着他，她看不见那双凝视的眼睛。

她把双臂放下，也知道可以走了，前面就是她的房间，只要直走过去便能离开他。

但她又不想走。忽然，有点惆怅。

也决定另嫁他人了，该可以放心说说话吧。

只不过，说几句。

于是，她转身，面向他。

四目相投。他的眼神有着问号，他没有预料她肯转身，肯望向他。

他总是不知如何是好的那一个，是她首先笑，他就跟着笑了。两人尽在不言中。

他问："婚期在何时？"

她答："半年后，他由德国回来时。所以赶着下星期先订婚。"

他点点头，想说祝福话但又说不出口。

她说："知道你手工好。"

他勉强地笑笑。她看到，觉得他很傻，而自己又傻。

她说："衣料在楼下，待会有人会拿给你。粉红色的蕾丝面料，意大利出品，非常精细。我打算梳髻，配玫瑰，有一种很纯真的粉红色玫瑰，叫 Silver Jubilee①，银禧哩，如果我找到，就用。"

一口气说过话，她就深深呼吸，觉得好过一点。然后，又自言自语："不过都不知道，会不会有银婚的一天。"

———————————

① 二十五周年纪念，银禧纪念。

他望着她。

她微笑，显得有点僵硬，"你知道，不相爱的人。"

说过后，她的表情就木然了，直望着他的眼睛，眼也不眨。

他仍然望着她，又想说点什么，但是又再说不出口。半晌，她望得他太久，心一酸，涌出眼泪来。

终于，忍不住了。

早知，不转身来不就平安大吉吗？看他看不了多少眼，麻烦又来了。只要不去看一个人，就会无事，看着一个人，结局只有心念打转。

多么多么不想失去他。

他踏前去，没任何考虑，就拥她入怀。不远处，有一个工人在抹这抹那，愕然地看了他们一眼。

他心痛，抱得她更紧。

呜咽的声音中，她说："美女不一定嫁丑八怪。"

自己说完，自己笑。

他听到，他也笑。

然后，他松开他的怀抱，两人对望，继而大笑。

这一句，成为最新的命令。他又再为她的说话而废寝忘餐。

她想他得到她，他就要得到。

如今问题，只是钱，他就想起他，他知道他会办得到。

志成说："给我富有，让我可以娶她。"

主人便说："我给你富有，你给我什么？"

志成说："我永远对你忠心。"

主人笑起来，"我没有想过你可以不忠心，这根本不是你的选择。"

志成问："我可以给你什么？"

主人说："这样吧，你给我恐惧。"

志成望着他。

主人继续说："我享受你惧怕我。"

志成问："是因为我以往对你不够礼貌？"

主人便说："也不一定。只因为，我最喜欢看见你的恐惧。"

志成与主人互望，良久，也说不出另一句。他明白，这会有多恐怖，他将在他跟前翻不了身。

一直渴望与他平手，一直不甘屈膝，他明知他比自己优胜，他也有那竞争的动力，说不定，明天就反败为胜。

现在，他要他永远惧怕他，他就只能变成一生一世的输家。

已经不只是仰慕、崇拜、景仰的心情，已经不只是比不上。那是恐惧，最深层、最抵抗不了的感受，把一个人永恒判死。

永永远远，看见我，你都会抖震。

志成屏息静气。

主人有君子风度翩翩一样的微笑："你们会非常恩爱。"

志成微微张口，他在诱惑他。

"而你永远健康英俊，我要你似我，在盛年之后不会老去。"主人说。

志成问："她呢？"

主人告诉他："她是幸福的寻常女人，她会有生老病死和丰厚的爱情。"

志成觉得公平。那时候，他才没想到很多年后的事情。

主人说："我给你一门生意，你为我经营一家当铺，我保证你荣华富贵，你与她，会生活得像人上人。"

志成听着，觉得惬意。

主人说："你是当铺老板，我让你做那世界的主人。"

志成微笑了，他喜欢他这答案。

主人说："我再赠你一项能力，从此你有看透人心与催眠别人的才能，我让你面对客人时得心应手。"

志成觉得实在太慷慨了，他想不到不答应的理由。

主人便说："那么，可以吧！"

志成答应："成交。"

主人仰头狂笑片刻，然后说："你看，我对你多好！"

接着，他把手放到志成的肩膊上摇晃，力度由轻至重，由缓至急，而且更是两个人一起摇，他摇晃他，他也要承受后果。最后，摇晃的密度太强，像汽车高速飞驰在公路那样，只能感受其形，看不见其貌。

当摇晃停止之后，志成慢慢地从摇摇摆摆中站稳，那个人已经不见了。他眩晕着走到镜前，然后他看见，他的脸上有一层光，那光是寻常人家所没有的，那层光，通常只是富有人家、得意之士的脸上才能找到。

那是一种好气息，一种贵气，仿佛好运长伴于身。

志成知道，他已不再一样。他答应过他，他会成为人上人。

他由心底快乐起来。

志成拥有了财富，当然就向蓝太太求见。

第一天，他把十匹布送到蓝宅，蓝太太当然不肯收那十匹布。后来下人把布匹一扬，不得了，十匹布都是未裁开的大额纸币，一卷一卷摊开到地上。

他证实了他的富有，就可以当面会面。后来他送蓝宅一个在太平洋的小岛，还有，台湾的其中两个大山头，那里有丰富的茶叶出产。其他楼房汽车现金当然应有尽有。到最后，蓝太太答应志成与小玫的结合。她说："我当然为女儿的幸福着想。"

她的女儿的确得到幸福。小姐从此不再是陌生的小姐，志成昵称她为小玫，虽然在他心目中，她仍然高高在上。

结婚的前五年，只有他们夫妇二人打理当铺。后来蓝太太想转做地产生意，不再做茶叶买卖，小玫把不能转行的伙计收归当铺之下，当铺与茶庄兼营。

而志成，把名字改为公爵，因为，他已是一个新生人。公爵，就是小玫喜欢的爵士乐手的名字。这名字偏邪一些，又高格调一些。他已是堂堂老板，他有他的风格，贵气如一国的贵族。

他们深深爱着对方，每天也痴痴缠缠，他们是世上最恩爱的夫妻。

在婚后的第十年，小玫变成三十五岁的妇人了，而公爵，却从来没有衰老过，他的主人给他不老的容颜，他永远健壮漂亮。

小玫察觉了微露的额纹和略为松弛的肌肤，从这一刻开始，她就感到不安。

公爵抱着她，对她说："不要介意这些无谓之事。"

小玫不能安心，"衰老对女人来说，是世上最需要当心的事。"

公爵说："我看不到你年华上的蜕变。"

小玫望着他，然后她就自卑了。他光彩如昔，英俊不变，他的青春健壮教她低下头去。

她幽幽地说："我怕我面对不了你。"

公爵一点也不觉得她老，真的，他一点也看不到。他能看见的，只是那年月不衰的爱情，爱她爱她爱她。

在这忧虑之后，公爵开始在背上刺上玫瑰，每天刺上一朵，足足刺了三年。那段日子，当他把他那性感磅礴的身体显露于她跟前时，她就看见他每天为她带来一朵玫瑰，盛放的、娇美的、血脉流动的。

每一朵玫瑰都有生命，刺在他的肌肤上，送给他深爱的她。

"你明白吗？你已经融入了我的血，蚀入我的肉。"他对她说，他的眼神内都是爱情，而那爱情，幽丽无双。

她抚摸着她的礼物，她感受她获赠的刺痛，他为她痛，为她证明了他那永永远远不变更的爱。

他说："我是长生不老的，我永远不朽，我如宇宙不灭，有生之年，亿亿万万，你都在我的血脉中滚动翻腾，玫瑰伴着我每一个毛孔呼吸盛放。"

他永远都活下去，活在她的玫瑰花田中。

她相信他的感情，相信他永远都爱她。但她同样相信，一天她会衰老败坏，腐臭变形，如同凋谢后死亡的玫瑰。

她细舐着玫瑰，在激情中意图把玫瑰吞进肚中。刺青的玫瑰会与他长存，而她，并不。

他那么爱她，而她被他爱得，那么那么的忧伤。

主人答应他们相爱，果然，他们就有动人的爱情。

主人要他恐惧，他就莫名地恐惧，他见着他的主人，已不如年少时那样。曾几何时，他对着他，还可以说说笑。

果然，主人一诺千金。那恐惧，是出乎意料的真实。

主人说："告诉我——"

他端正地等待。

主人继续说："如果我令她明天起便不认识你，那你怎么办？"

他立刻乞求了："不——不要——"

主人很高兴，他急急忙忙笑出来："哈哈哈！哈哈哈！"他手舞足蹈，"再求我吧！再求吧！我喜欢看！"

他不敢怠慢："求你，不要。"

主人问："你害怕？"

他没回答，那当然了。

主人很满意："那是我最爱看的。"

他很忧伤，流露着求别人手下留情的卑屈。

主人绽放出一个魅力无双的笑容，"我叫她……"

他呢喃："不要……"

"叫她……"主人笑得眯起眼来，如说及梦想般兴奋，"叫她失忆，忘了你是谁，记不起你们有多相爱，一切也烟消云散，你像是从来没有在她生命中出现过的一样。"

"不！"他垂头。

主人总结："你是个陌生人。"

他很害怕，怕得下一秒就能哭出来。

主人侧起脸，朝他垂下脸的角度窥望去，主人要看他惊惶悲苦的神色。主人是为着这种享受而来，主人有品位。

看了一会，主人把头转了转，舒筋活脉，又松了松双手，差不多了，他宣布："我看够。"

他呼了一口气。

"暂时。"主人双掌合拢，微微鞠躬。

这一天，主人有礼地告辞，临行前教训了他几句："别以为你是我，你从来就不是。你崇拜我、模仿我是你的事。我渴望的只是你的恐惧，你愈恐惧我便愈喜欢。想我对你好？那你再恐惧点吧！我满意，我享受，你便有好日子过。"

他低着头，他的身与心，都在颤抖。

主人说："当铺老板，你用你的无畏惧交换了我给你的青春、财富、权力，还有爱情，细心想想，你还是有赚的。"

他悲痛地，冷冷地笑。

主人拍了拍他肩头，"难得我喜欢！"说完又哈哈哈狂笑。

笑完了，就轻轻掴打了他的脸，来回两次，流露着嬉戏般的藐视。

"奴隶，聪敏点吧！"主人说。

然后，他抬头，目光中流露着后悔的神色，"那时候，我不该盼望你。"

主人有点愕然，但不恼怒。主人点点头，皱了皱眉，"是的。"主人也同意，奴隶就苦笑。

主人朝着他展露夸张的、自信十足的笑容。主人摊摊手，表示："我也不能帮助你。"

谁能在最开始的一秒就抵抗命运的操纵？

CHAPTER **6**

Winners & Losers

胜者败者

一清早，公爵便抱着小玟吃粥，吃的是南瓜粥，香甜正气。

小玟坐在公爵的大腿上，一口一口喂进他的口中，他很满足，笑得眯起眼。吃得肉紧①时，忍不住又捏妻子的臀部，小玟叫，他就笑。

小玟告诫他："笑什么？笑笑笑……你的鱼尾纹快比我更多！"

公爵双手握着小玟的腰，小玟喂他吃多一口，他的手指就上下拨动，嬉皮笑脸："很滑很滑……的胖腰……"

"嘿！"小玟放下了粥，"不喂了！"

"喂吧！"公爵哄小玟。

"不喂！"小玟说，"你瘫了我才喂！"

"吓！"公爵做了个八婆手势，"哪有人诅咒自己的老公？"

---

① 粤地方言。当遇到兴奋不已的事情时，肌肉因此变得紧张，用来比喻紧张、在意、着急的心情。

"手多多。"小玫在公爵的大腿上扭了扭腰。

"男人不手多女人不高兴。"公爵继续在小玫的背上游来游去。

"变态！"小玫跳到地上，"由朝到晚都想着同一回事！"

公爵拉着她的手，不让她走，"回来。"

小玫已走了两步，被他拉着只好回头，"好吧，"她对他说，"猜谜。"

"猜谜？好吧。"公爵同意。他把小玫的左手手腕翻过来，肌肤平滑如丝，昨夜又一次的自杀，此刻，不见半分痕迹。

小玫问："请说出谜底。"

"花生糖！"公爵胸有成竹，他放下小玫的左手。昨晚，他好像也说了同一个答案，他不大清楚。

"又错了！"小玫用手指碰了碰他的眉心，继而呢喃，"你是不是说过这答案……"

"不！花生糖！没有！"公爵说。

"好吧！"小玫笑，"今日开工了！"

公爵说："今日哩……我由今日开始，专职服侍一位青春少艾。"

小玫瞄他一眼，"最好你被人勾了去，免得我日日夜夜应酬你！"

"好！我就去追求其他女子！"公爵竖起食指，一边走开一边点头，流露着被点化了的神态。

他一直走出去，走到忠孝仁爱礼义廉的跟前，才放下食指。

阿仁问："李老板，你竖起手指代表了什么？"

公爵答非所问："今日我们讲解'庾公不卖马'。"

八股时间又到。

阿礼问："庾公何许人？"

公爵便说："魏晋时代人。话说庾亮有一匹凶悍难驯的马，花了很多心力也驯养不了它，下人便提议庾亮把马卖给别人，免却烦恼。可是庾亮教训下人：'怎可以把有害自己的东西转移给别人呢？'此乃庾公不卖马之典故。"

大家介乎明白与不明白之间。

阿忠问："与我们有什么关系？"

公爵便说："大有关系！从今日开始，我们要扶助 Genie 成材，只把好的东西教她，坏的东西，我们一律不让她沾染！我们要为当铺树立良好榜样！"

阿廉又问："李老板，从前那一套还可以派用场吗？Mrs. Bee 诡计多端，心术不正，你那么正直，会不会千年道行一朝丧，就这样输给她？"

公爵淡然地说："放心，我们不会输的。"

大家就不作声了。

公爵续说："记着，要把一切最好的给予 Genie，从前我们旧铺剩下的青春美丽财富，统统不要了。我们要落足本钱，把最好的给她！"看公爵说得慷慨激昂、正气凛然，忠孝仁爱礼义廉只好齐声应和。是的，公爵从来都是对的。他总走一条又对又正又直的大路，光明正大。

那边厢，Mrs. Bee 更爽快，她把一张纸递给阿申，上面有一组数字。

她说："任由你怎样用都可以。"

阿申看着那数十个数字，问："这些数字由何处而来？"

Mrs. Bee 把眼珠溜向上，眨了眨眼，耸耸肩："你的生日加我的生日加上次买的那个手袋的价钱，再加麦当娜与男人上过床的数目……加起来，就是幸运数字！我也不记得我还加了些什么……斑马身上有多少条黑色斑纹？"

阿申但觉信不过。

"放心好了！你是我的筹码，我不会叫自己输。"Mrs. Bee 显得不耐烦，甚至没打算再望他。

阿申不再打扰 Mrs. Bee，他就像所有得到神秘数字的人一样，把数字分拆又组合，然后，到投注站买了六合彩和三 T①，如常地运用了这一堆没有根据的数字。

阿申和 Genie 今天没见面，他们只是以电话联络。

阿申说："你那边有没有特别的事情发生？"

---

① 六合彩是香港地区唯一合法的彩票。
　3T 是香港赛马的一个特别彩池。

Genie 说："李老板叫我到何黄张律师所，我正在途中。你呢？"

阿申说："我猜 Mrs. Bee 叫我去投注站。"

Genie 反射性地问："投注？用你的钱还是她的钱？"

阿申醒觉："用了五百元，不知可否向她取回？"

挂线后，两人都心生疑惑。今天，是比赛正式开始的第一天。虽没有明言，但一看而知，这项目是比赛财富。

Genie 在律师所听到一件极奇异的事：一个在大溪地的远房亲戚刚刚去世，留下一笔遗产给她。

Genie 问："有多少？"

律师便说："三亿。"

Genie 瞪着眼："三……"

律师再说一遍："范小姐，是三亿。"

Genie 的口继续张得很大很大，像是脱了牙臼的人那样，合不上来。

阿申在黄昏的电视节目中得知，他买的六合彩中了头奖，独得彩金三千万。而在翌日，所买的三 T 又中了，又赢了数千万。他早知道了 Genie 得到三亿的财富，他亦不甘示弱，连续数星期继续买六合彩和三 T，又继续百发百中。一个月后，他所持的现金数目已与 Genie 所拥有的遗产不相伯仲。

那一晚，他们在最高级的餐厅吃晚饭，那餐厅的景致是整个海港，而侍应都会说一点法文。

毋需正襟危坐，也没有半点不自然，他们有的是钱，他们有权享用世上最昂贵奢华的晚餐。

在这一个月来，Genie 的心情都激动，她说："原来，是真的。"她望着阿申，声音有点点沙哑，她有狂哭的冲动。

阿申明白她，伸出手来按住她的手，他说："看，我们快可以拥有全世界。"他望了望窗外景致，神情倒是冷傲而高不可攀。

Genie 摇头，深呼吸，仍感到不可置信。她自顾自说着："得到那笔遗产之后，我告诉父母，他们才记起那远房亲戚在我满月时来喝过一次喜酒，之后就移民到大溪地……你说，世事是否奇妙？"

阿申望了她一眼，呷了一口红酒，又望了望窗外的景色，又多呷一口。

Genie 继续说："我们去看房，三亿啊，多买几层都行啦！我打算在南区先买两幢独立屋，一幢父母和弟弟同住，另一幢自住。我终于也有私人空间，而且是那么一大片，大概，我在房间内跑步也会喘气。"

Genie 的眼角已凝着泪光。

阿申仍然瞪着他的红酒，然后皱起眉。他叫了侍应来，问他："这瓶酒是不是最贵的？"

侍应看了看酒瓶上的标签，便说："我们尚有一瓶珍藏，价钱是八万元。"

阿申反而安心了，"就换那一瓶。"

侍应恭敬地离开，临行前鞠了个躬。

阿申说："我已厌了 second best。"

Genie 笑着说："不会的了，我们已是有钱人……非常有钱的人。"Genie 的目光内有梦幻一样的温柔。

阿申的眉头仍然紧锁，拨弄着碟上昂贵的法国松露菌。

Genie 继续说："我想去环游世界，住最好的酒店，到米兰和巴黎 shopping……"

阿申忽然说："你自己去吧！"

Genie 望着他。

阿申说："我打算成立一家公司。"

Genie 静静地待他说下去。

阿申说："有了钱，我想做生意，你知道，我一直希望成为建筑师。"

是的，阿申仰慕那行业的品味和地位。

他说："我不会花时间再读一个学位，我打算买下别人的建筑公司，我做老板。"

Genie 听了很高兴，"阿申，你梦想成真了！"

阿申便说："我不会只满足于钱。"

Genie 很支持他："你一定成功的。"

阿申坐言起行，高薪聘请了生意上的合作伙伴，然后认真地收购了一间合意的建筑公司，他成为一间八十人的公司的老板。

前后不过三个月的事。三个月前，他只是一间机构内毫不起眼的一个小主任，再之前的日子更不消提，十万元积蓄，已经是生活的全部。如今，竟突然变成另外一个人。

今天，他日常阅读的数目位数，一定是长长的，一串一串的零。他走进办公室，职员对他谦恭点头。开会时坐于主席位置，他不需要再为一个议题争取发言机会，只负责听别人说话，他一开口，就变成别人的金石良言。

他过着他认为有品位的生活。人生，开始在他的掌握之内。男人，是该运筹帷幄的。

阿申连走路的姿态也不同了，昂首阔步，每走一步，都能走出理想。

商品广告中的"光明人生"，就是如此一回事。他不再是无名小卒，他是主将。

Genie 在阿申开创事业期间，与父母一同游历了半个地球，她去了意大利、希腊、德国、法国、英国，不停地购物，酒店内的 bellboy① 紧随其后、搬搬抬抬。

她学懂了在法国买珠宝的豪爽，可以一口气买五百万。买衫买鞋，她可以在 VIP 房中慢慢挑选，出入有司机接送。然后，她觉得自己像个公主，而父母摇身一变成为国王与王后。

① 酒店服务员、搬运工。

看见报章中的上流生活不再羡慕，反而有的是批评，"什么？三十万的戒指拿出来让人拍照？"又或是，充满共鸣："是的，钱太多，真的不知何处放。"于是她决定再努力购物，推动社会经济发展。

在香港留了一星期，视察大房子的装修工程后，Genie又飞到纽约去，只为看两部歌剧。继而转飞往加勒比海，她要像富有的外国人那样，在最昂贵的沙滩上晒日光浴。

同一个太阳，但因为收费昂贵，是故连阳光也灿烂明媚温暖一些。

致电阿申，她希望他来陪伴她。然后阿申说，公司参与竞投一项计划成功了，会举行一个小型庆祝会。

"你该以老板娘的身份回来参与。"阿申说。

实在太动听了，于是Genie坐飞机头等舱飞回阿申的身边，盛装打扮，出席他的庆祝活动。

Genie真的变成Genie，是自由自在的小仙女，美丽、富有、无忧无虑。

住进新房的第一晚，就久久不能入睡，头顶上不再是双层床上格，换上了高高的天花板和雅致的古董水晶灯。大床由英国运来，是古董床，据说是维多利亚时代的。她不大清楚，只知的确很优雅漂亮。床单是法国货，真丝，躺上去冰冰凉凉，如一个温柔软绵绵的怀抱。还有，那梳妆台是葡萄牙古董，镶有雕花的瓷砖装饰。地毯是从土耳其运来的，花了十万元，

地毯上那些花卉图案，如真花那样盛放。到欧洲旅游时她买
了一间娃娃屋，内有十间房子，高三层，袖珍的家具全部人
手制造，那些娃娃杯碟，如指头般大小，但碟子上的花纹仍
是细致清晰。数十万元的一套玩具，她玩了半天，就搁到睡
房旁，不再碰，也没有任何内疚，她有绝对权利去浪费与奢侈。

　　这就是 Genie 的房间了，相比从前一家人住的公屋，大
了十倍。"这就是光顾了当铺的结果啊！"她告诉自己，这是
一生中最自豪的决定。

　　偶尔会与公爵联络，他关心她是否适应新生活。

　　"已经四个月了，做了四个月富翁，习惯吗？"公爵问她。

　　Genie 笑得很灿烂："很开心啊，梦想成真……不，做梦
一样。"

　　"最开心是什么？"公爵又问。

　　Genie 眉飞色舞，一口气说下去："Shopping 啦，见什
么买什么……不用忧柴忧米，不用看人脸色……父母也生活
得好……觉得自己不再白活……"

　　公爵微微笑着，分享她的兴奋。

　　"但我想问问，"Genie 说，"钱用完后会不会再有？"

　　"嗯……"公爵拖延时间后才点头，"有。"

　　Genie 欢呼："太……太好了！"

　　"答应了你的富贵，我就不会要你有一秒钟贫穷。"

　　"哗！"Genie 把手指放到牙缝中，欣喜若狂。

"不过，"公爵说，"你且听我说。"

Genie 端坐着说："是。"

公爵说："财富并不选定一个主人。今天财富选了你，明天就称别人作主人。"

Genie 在心中"啊"了一声，当下有点当头棒喝。

公爵说："拥有财富是没有用处的，拥有心中的真正快乐才是重点。如果你拥有财富，但却无法真心快乐，财富也是没有价值的。

"如果，我明天就拿走了你的财富，送了给其他人，你就什么也没有，财富于你而言，根本就如没有出现过一样。你有过的只是钱，却与快乐无关。"

Genie 说："你放心，我会好好想想该如何利用我的财富。虽然，到今天为止，我也仍然只想 shopping。放心啊，今天我很快乐。"

公爵问："你与男朋友的感情还好吗？"

Genie 说："没有改变！他忙于做生意。"

"嗯，"公爵点点头，"有烦恼可以来找我，只要你来临，我就会出现。"

Genie 说："李老板太好人了！"

公爵说："照顾你是我的责任。"

的确如此，她是他的客人，他便有照顾她的责任。

Mrs. Bee 也用同样的方法与阿申沟通。

"得到财富的感觉可好？"她诚恳地询问。

阿申流露着傲视同群的神色，"我已是人生的主人。"

Mrs. Bee 听了，就大声说："好！"还在台上拍了一下，"不枉我挑选你，你完全知道游戏是怎样玩的。"

阿申微微一笑，"今时已不同往日。"

"果然是聪明人。"Mrs. Bee 点了点头。

"我会以我的财富满足我的野心与理想。"阿申说。

Mrs. Bee 替他接下去："所向披靡，以敌杀敌。"

"这个世界，会归我所有！"阿申说罢，就哈哈大笑。

Mrs. Bee 也赔笑。她喜欢他，但觉与他沟通无阻，语调相近。

半晌后，Mrs. Bee 问："你与 Genie 的关系仍然好吗？"相亲相爱亦是典当的愿望之一。

阿申就说："没大问题。只是……较少机会见面。"

Mrs. Bee 替他解释："你太忙了。"然后说下去，"男人的世界是不一样的。"

阿申很欣赏她这一句："Mrs. Bee 很有智慧。"

"谢谢。"Mrs. Bee 欣喜地笑了笑。

"该是我向你道谢，你让我的人生不再相同。"阿申说。

Mrs. Bee 说："等着瞧吧，以后的日子，会一天比一天精彩。"

阿申与 Mrs. Bee 四目交投，两人都十分满意。

那一天，公爵就与 Mrs. Bee 会面，第一个回合已终结。

Mrs. Bee 喝着红酒，摇了摇酒杯，斜眼看了看公爵，然后说："简直无法比拟。"

公爵气定神闲，"只不过是第一回合。"

Mrs. Bee 笑说："哈哈哈哈哈！单单看那素质，已经知道结果！那个乡下妹怎与阿申比较？有钱就只想着买买买，阿申的视野就广阔得多！"

公爵垂头，扬了扬眉，牵动了嘴角，没有作答。

Mrs. Bee 仍然一脸得意之色，"你挑选了乡下妹，责任你自己负。彻底失败，简直是烂泥！"

公爵叹了一口气，便说："无人可预知事情走下去的结果，也请你别骄傲，骄兵必败……"

Mrs. Bee 听见类似八股的言论，就立刻皱眉头，叫出来："你又要说什么？"

公爵笑了笑："龟兔赛跑。"

Mrs. Bee 急急摆手，阻止说："走走走！别又惹我头痛！"

未听，已经害怕。

公爵掩着嘴笑了两声，就转头准备离开，"忠言逆耳。"

Mrs. Bee 已开始头痛，她拍打自己的前额，"够了够了！别再讲道理！今日到此为止！我这次赢了……说完说完！"

公爵对胜负没有异议，他反而一边离开一边大笑："哈哈哈哈哈！"

"黐线①！"Mrs. Bee 咒骂他，"输了仍在笑！"她昂首阔步走回她的范围之内，沿路上的米白色女人无不恭敬地向她鞠躬。

幸好，尽管头再痛，心情仍然佳。这个回合，明显是她高分数，阿申的表现超乎想象的佳。Mrs. Bee 对于最终的结果显得乐观。

她走进办公室，自信地坐进她的大班椅内，自转了一圈，说了句："最后，只有我一个老板！"说罢，就哈哈大笑。

今日心情真好，没有人要受罚，无人要进升降机。Mrs. Bee 的心情，很久没有这样好了。

公爵回到茶庄后，就向小玫撒娇："美人——"

小玫正播放悠扬的 Duke Ellington 的 *Sophisticated Lady*②，唱着精巧而有深度的女人的美态。

公爵一脸陶醉，一直走到小玫的跟前，俯身跌入她的怀抱，脸贴妻子的胸脯，夸张地唉声叹气。

小玫没好气地想推开他，他却又抱得更紧，"怎么了？"

他仍在撒娇："我输了。"

---

① 粤地方言，意指神经兮兮、言行举止不正常，是骂人的话。
②《久经世故的女人》(*Sophisticated Lady*)。

小玫用手指勾起他的下巴，取笑他，"输一次就气馁？"

公爵扁嘴，"那婆娘……唉！"

小玫捧着他的脸，说："你放工了。"

公爵当然趁机吻她，深深地吻，"对了，放工就做放工的事！"

小玫推开他："别啊！"

"老婆仔，我要跟老婆仔亲亲！"公爵捉着她不放开。

小玫觉得他烦："好吧好吧，告诉我今日发生了什么事。"

公爵又把她再次拥进怀中，"现在我又不想说了……我要亲亲！"

"喂！"小玫挣扎。

"美人……"公爵软硬兼施地把小玫抱到床上。

然后，一夜缠绵又开始。他替她解开旗袍的扣子，伸手游进她的衣襟内，他把她的胸部握在掌中，然后吻她的脖子，贪婪地，饥渴如战乱中的孩子，试图从母体中吸啜着些什么。他的手掌愈游愈下，找着他要找的，然后满意了。他把她的旗袍脱下来，凝视她的胴体，这一副他爱了很多很多年，仍然爱得发疯的胴体，不再晶莹了，不再如同少女了，但他仍然痴恋着，他的眼睛，他的心，都未曾嫌弃过。他爱她爱她，永恒不竭地深爱着她，永永远远，她就是他人生中最大的渴求，日出而作，为的就是可以在晚上靠着她来憩息。

后来他们都累得不能动了，他伏在她的身上流着汗喘着气，当然，他没忘记要称赞她。

"很香很香，一身都是玫瑰香。"他的手在她的身上，仍然温柔。

她笑了两声，感激他逗她高兴。她没说话，但觉情绪跌进一种忧郁中。已经是深夜了，忧郁忧郁，不想不想，但又来了。

他再说了些什么，然后让她睡去。当她合上眼睛，他就吻她的眼睛。王子吻了公主，公主就睡得香甜。

公爵的精神恢复了，他就如常走进裁缝房间。今晚，他不做一件新的，他为她改旧旗袍。她胖了点，穿在身上有点紧，他想起那紧窄的腰间，有一截肉隆起来，就觉得好笑了。一边修改一边笑，那截肉嫩嫩白白犹如婴儿肥。

不明白为什么她总是那么可爱，连一截肥肉也如此讨他欢心。

然后时候正好，他放下手中工作。这晚，他改了三件，明晚继续。

公爵走回寝室，刚步入房门边，已嗅到一股腥味，那是血的味道。

刚才欢欣散尽，他神色凝重。爱情有残局。

小玫的左手手腕割开来，血染到床褥上。她睁着眼，意识迷糊，喃喃自语："让我死。"

公爵抱起她，吻了吻她冒汗的额角，然后替她包扎伤口，他轻轻说："你死了，我怎么办？"

她淌下泪来，"我迟早也会死，我一定会比你早死。"

他说："但不要是今天。"

她继续她的无路可逃，"如果你爱我，就让我早走。"

他也想哭了，抖震着唇，说："如果你爱我，就留在我身边，不要走。"

她张开口，想大叫，实在太痛苦，然而又苦无力气，以致叫不出来。

她明白。只是更加抵受不了死亡的渴望。

他不想再忍下去，哭了出来。他抱着她的脸，流着泪凝视，她面容痛苦。一切，从来从来，都是他的错。

他的声音哽咽："你死了，我怎么办？"

他已泪眼迷蒙，然后，感觉到她的身体正微微抖震。

不可以拖延了，因此，他就说："谜底是——"

她的目光掠过一抹闪动，听到这三个字，她就跌入他那催眠的时空。

"香肠……"他含着泪，"煎蛋……"继而哭笑不得。

她入睡了。从这一刻开始，她就忘记了她有多么伤他的心。

忘记了忘记了。遗留下心碎的他。

他放下她，吻了她的伤口，让伤口在一个幻象中复元。然后更换床单床褥，再把她抱到床上安睡。

重复又重复，这十数年来，他都做着相同的事，小玫在这些年来的每一晚，都深深伤害他。手腕是她的，但伤了的是他的心，她割开来的，是他的心房。她没流过血，流血的都是他。满床满地，都是她割到他心上的血。

他每一晚都伤心，不朽的，正如他的爱。

痛楚与爱情，都没有尽头。

心力交瘁。

他抖震着双手，轻抚爱妻的身躯，她堕入了梦乡，脸上流露着无知的甜美。他仰脸吸一口气，寝室内，都是玫瑰的味道。曾经，他的妻子天真健康快乐，每天的烦恼，只是玫瑰不盛放。

他很愤怒，是谁令他深爱的人暗夜自残？

他决定要说清楚。

公爵走到书房内，一直走，书房就为他伸延又伸延，知识，为他不断地增长。

当他停步了，就看见跟前有一个背影，那背影站着，低头看书。

那背影轩昂、磅礴、性感、充满权力。那一定是个有魅力的男人。

那背影是他的主人，主人当然比奴隶漂亮。

公爵对那背影说："我求你，停止。"

背影转过脸来，是一张容光焕发的俊脸："你脸色很差。"

公爵深呼吸，他脸色的确差："小玫不能死。"

"不能死？"主人狐疑，他把书合上，"人总要死的呀！"

公爵哀求着："但你不可以每晚要她自残。"

主人瞪着眼，说："当铺老板，别忘记你以你的恐惧交换了你所拥有的一切，恐惧就是你的典当物。"

公爵悲苦地垂下头。

主人说："那我怎可以白白让你轻松过活呢？我要你恐惧嘛。主人怎可以让奴隶占便宜？"

公爵尝试说服他："要我惧怕，你有其他办法。"

主人皱眉，又做了一个"要不得"的表情，"你怎好意思与我讨价还价？"

公爵望着他。

"你正做着些我不喜欢的事情。"主人说。

公爵很愤怒，但仍然忍着。

主人说："一直叫你不要对那些客人好，你却天天替我做善事，为何你要强化客人的灵魂？唉！"

主人叹息，然后又说："那些人，贪心嘛！贪心的灵魂，你还善待他们干吗？"

公爵没说话，这一点他不能否认。

"还有，"主人说，"你不能让那个女人赢，这次，你已经输了。"

公爵说："她会输的。"

主人瞄了瞄他，"别丢男人的脸。"

公爵说："我替你办事，你要答应我小玫的生命。"

主人一怔，然后指着他，"啧啧啧。"他边摇头边说，"都说你没有实力！"主人一副看不过眼的样子，"最高程度的男女关系，是你去占有她，而不是被她占有！"

公爵痛苦地侧着头，而主人就伸手轻赏了他两巴掌，"明白吗？"

公爵苦笑："已经太迟了。"

主人忽然说："看来她死了，对你才有好处。"

"不！"公爵扯着主人的衣领，激动万分。

"喂喂喂！"主人指着公爵，公爵才放手。主人用手扫了扫衣领，一边转身一边说："神经病！"

公爵无可奈何，垂下眼摇头，表情悲苦。

而他的主人，往前走了又走，走到他认为不想再走，就停下来，背向他说了一句："别让我以为是我对你不起嘛！"

说完就大笑数声，然后才消失。

独剩他在愤怒中。这种愤怒，来自他自己，他恨自己不懂得如何反抗。

阿申与 Genie 接着会得到的是吸引力。

阿申只在公众场合出现了一次，就成为传媒眼中的钻石王老五，举凡有他出现的场合，刊登的照片总是很大，编辑与记者也特别偏爱他，挑选的照片永远是最美好的角度，因此，要忧郁有忧郁，要豪迈有豪迈。他那炯炯眼神、自信的笑容，全部烙在万千少女的心坎中。

然后，他获选为十大最佳衣着男士。另外，时不时被选为男性魅力大奖的得主。

他的秘书已开始要为他处理拥趸的信件。另外，又有拥趸为他造了网页。

当某次与 Genie 晚饭的照片给记者偷拍刊登之后，万千少女的心就被狠狠敲碎。

Genie 指着报纸，笑得前翻后仰，"你很当红啊！"

阿申的秘书也在场，"余先生的照片，网上也有售，而且更登上了指数榜。"

"哗！" Genie 搂着他，"你看，我的宝贝已今时不同往日了。"

"不妒忌？"阿申问。

Genie 笑："她们不会明白我俩为什么天生一对。"

Genie 说着的是恋人间的秘密。

事实上，自那吃饭的照片曝光后，Genie 也红起来，狗仔队天天明察暗访钻石王老五的女朋友是何许人。于是 Genie 的购物照、驾车照、出入豪宅照，也一一见报。传媒也喜爱她，他们以"气质美女"来形容她。

Genie 代表了一般女性的梦想——年轻、靓丽、富有、男朋友一流。

Genie 对公爵说："我觉得……很奇怪。"

公爵问她："不喜欢被追捧？"

"我又不是明星啊！"说的时候，眼珠溜了溜，晶光四闪，倒有点明星气派。

"想不想当明星？"公爵问她。

"嘿！才不稀罕！"Genie摆摆手，少女式的欲盖弥彰。

公爵看透她的心意，"你将会吸引全世界的目光。"

"是吗？"Genie瞪着眼。

公爵加了一句："如果你想的话。"

Genie说："当初要求美貌，是希望阿申继续爱我。但就是没想过，你给了我额外的吸引力。"

公爵说："只要你高兴。"

Genie反问："如果不高兴呢？"

公爵便说："你回来，我帮你。"

"嗯。"她乖巧地点头。

公爵告诉她："记着，没有任何事比内心快乐更重要。"

"是。"她用力地再点头。

没多久后，有片商邀请Genie拍戏，她问阿申："应该接拍吗？"

阿申日理万机，他们其实也有一段时间没见面了，"横竖你无事可做，找点细艺也好。"

Genie犹豫，"但我拍戏，以后不是很少机会见你？"

阿申说："我们的感情基础那么深，少些见面也无妨。况且，我们也该好好享受一下从前没机会享受的人生。"

Genie 觉得阿申的话不无道理，因此答应了片商的邀请。

那是一部投巨资的电影，而 Genie 是第一女主角，宣传很盛大。一开拍，便让全香港都知 Genie 这超级新星的魔力，她的面孔街知巷闻，她的魅力令每一个市民谈论。

当 Mrs. Bee 与阿申会面时，她便问："还好吧！你与你的女朋友成为城中最令人羡慕的金童玉女。"

阿申笑了笑，他没什么感觉。

Mrs. Bee 明白他，"觉得幼稚？"

阿申说："统统都只是游戏。"

Mrs. Bee 说："成为魅力无限的人，怎么不去好好利用？"

阿申语带讽刺："我又不是想做明星。"

Mrs. Bee 瞄了瞄他，"全城的女士都爱慕你，感觉该不错。"

阿申顿了顿，问："你是女人，你会否接受男朋友有第三者？"

Mrs. Bee 立刻面露笑容，"开始不满足了？"

阿申皱了皱鼻子，然后耸耸肩，"Genie 好像……有点跟不上我。"

"啊，"Mrs. Bee 一脸体谅，"你怪她没进步。"

"她……太享受现状。"他说。

Mrs. Bee 说："有钱有魅力，趁年轻享受一下，不应该吗？"

阿申说："我就有野心得多，我不似她。"

Mrs. Bee 笑说："是她不似你。"

"是的，我俩有分歧。"阿申轻佻地说。

Mrs. Bee 当然听得出这弦外之音，"那么，我有什么可以帮到你？"

阿申望着 Mrs. Bee 的眼睛，他的目光中有一个很深的城府，他说："我觉得，我与金融大王的女儿戚小姐更相衬。"

"啊！"Mrs. Bee 恍然大悟，"有眼光。"

阿申潇洒地笑了笑。

Mrs. Bee 说："视野与魄力都与你不相伯仲，她接管她父亲那数百亿的生意，的确是不同凡响的女性。"Mrs. Bee 把脸凑前去，"而且，告诉你，这两父女，都是我的客人。"

阿申感到惊喜。

Mrs. Bee 大笑："哈哈哈哈哈！"

阿申跟着笑，说："我希望我的事业，可以成为一个王国！"

Mrs. Bee 在笑声中说："我来帮你！"忽然，阿申收敛笑脸，问："但是，会不会违反当初典当的宗旨？"

"那宗旨……"Mrs. Bee 没忘记，当初这双贫穷的情侣，希望得到一切之后依然相爱，"只有故步自封的人才会墨守成规！"她说。

阿申放心了。

Mrs. Bee 说："他们那边守着，只是他们不晓得变更的重要。"

阿申不禁说出一句:"Mrs. Bee 果然是做大事的人。"

Mrs. Bee 回应:"也要有做大事的客人,我才可以发挥!"然后再来一句,"放心,我的任务是要令你如愿以偿,我给你魅力,你就要尽量利用。区区一位戚小姐,你要她对你动心只是小事。"

阿申满脸感激:"那么一切就交托给你。"

"放心。"Mrs. Bee 专业地说出这两个字。

Genie 怎样也不会猜到,当他们都有财富有魅力之后,阿申就变心了。

Genie 正忙于拍摄她的电影,做超级新星,面对新的环境,她努力适应又战战兢兢。当然,无人会对她不好,她亦事事好奇,每一天也过得开心。

很满足很珍惜,她没忘记当初与阿申过的是怎样的日子,平凡、贫穷、无趣无味、无出头天。难得,今天要什么有什么。

有了钱、有了讨人欢心的外形后,Genie 对其他人更友善和睦,她常常笑,她明白,每一步走着的路,都该是感恩的路。一切,是额外的福气。

也因为生活新奇了,她又特别想与阿申分享。她致电给他,他却又说不了两句便挂线。吃一顿饭,他显得沉闷而不起劲。

她觉得不妥当,但拍摄工作紧迫,她不能分心细想。有些时候，她但愿是自己多疑。

这些不快乐的情绪暂时一闪即过，Genie 没有细加研究。

电影拍完后，上映了，就成为票房冠军。Genie 的气质与演技，叫公众为之赞叹，十年出一颗明星，城中市民有了这时代的新偶像。

影片非常卖座，东南亚各地都是票房冠军。充满巨星风采的 Genie，很快便引起好莱坞的关注，有一部斥巨资的史诗式电影的导演诚邀她往当地试镜。

临行前她征询阿申的意见："如果试镜成功，我会花半年时间到美国拍摄，你会不会来看我？"

他们在阿申的豪宅内，这阵子阿申下了班仍然心不在焉。

"阿申？" Genie 关切地抱着他，她抬起他的头。

阿申回避，他说："你放心去发展，机会难逢。"他轻轻推开她。

Genie 说："阿申，这一年来，我们反而不像从前亲密。"

阿申否认："只是我俩都忙。"

Genie 说："我怀念那些由尖沙咀走路回旺角的晚上。"

阿申说："我们进步了，你应该高兴。"

Genie 说："但我们的感情退步了。从前我们做什么也一起。"

阿申有点不耐烦，"Genie。"

Genie 叹了口气，她说："我好像不像从前般快乐。"

她有感而发说出了这一句。本来，一直都满意，只是阿申的态度一天比一天疏离。只是这一点，就叫她不快乐。快乐，真是捉摸不到的东西，她也有点迷惘了。

阿申更加不满意，"别多愁善感。今日的生活，是你鼓励我们争取的。"

说中了，当初，兴致勃勃的是她。在那时候，她是更决绝而坚定的一个。

Genie 低声地说："钱，我当然满意，只是，我们的心……"

阿申叹气，他真的不想听下去，"Genie，我们都累了，你回家休息吧。"

Genie 苦笑，"我想与你去吃夜宵，去那间我们从前常去的糖水店。"

阿申垂头，她唤回了他的记忆，但他仍然这样说："明天吧，我叫人买一碗送去你的家。"

Genie 不说话，他拒绝她，她唯有替他解释，"是的，我们要去的话，那糖水店只好封铺，只招呼我们两个。"

Genie 被司机接走，坐在车厢内，忽然很想哭。如果，有一首伤心的情歌掠过耳畔就一定可以哭。

刚才有一句话，她想说但又没说，她想告诉阿申，他们的心，已相距很远很远了。

为什么，事情会这样？

Genie 掩着脸，坐在最豪华的轿车内，她非常寂寞。

没忘记那试穿一只名贵鞋子后的恋恋不舍。今日，她要多少双也可以，但，心依然会为着些什么而耿耿于怀。

她继续掩着脸，说不出的怅然。

后来，她飞往好莱坞试镜，过程非常成功。她也拜会了一级电影大师，那些人似乎都为她的魅力而拜倒。

Genie 感到稀奇，曾几何时，她是一个最平凡的女孩子。

看着那些人仰慕的目光，她忽然感到虚假。

本来，不应该是这样。她皱眉。

在那比华利山的一流饭店内，与世界级大明星同席，她的眼和心，都茫茫然。为什么，这么假，很假很假。

因何会富有？因何会受欢迎？因何会得到不应该得到的东西？

水晶杯子的碰撞声，外国人漂亮的笑容，高档食品的香气，大盆大盆鲜花的娇美，雅致餐具上精巧无比的花纹……完全，只是一个又一个朦胧的影像。

Genie 深呼吸，非常非常的惘然。

公爵说过，最重要的是内心的快乐，忽然，她一点也感受不到。

未几，好莱坞的电影公司宣布了 Genie 为电影的女主角，合伙拍电影的是一级的好莱坞男演员。

她在传媒跟前笑意盈盈，对答得体。她考虑过拒绝接拍这部电影，然后她又想，返回香港，会否更加不自然与寂寞？

她有了一种反省的心态。正因如此，她反而不安乐。不能再公然地享受一堆又一堆出现在生命中的馈赠。

然后一天，香港有一本杂志的封面，是阿申。这原本不大出奇，特别的是，除了阿申之外，还有另一女子，那是金融大王的千金戚小姐，他两手牵手出席公开场合，承认了恋情。故事内文是，阿申剖白了他与 Genie 感情变淡的原因，他说，伴侣就如生意拍档，要价值观吻合，思想成熟，步伐一致。

Genie 捧着那本杂志，一边看一边哑然。

电影开拍了三天，在第四天她就罢拍了，返回香港。电影公司要控告她，她也不理会，她无心无力拍下去，她渴望见见阿申。

阿申的秘书、助手、保镖全部令 Genie 不能接近，而传媒的镜头总对准她，拍下她伤心、疑惑、不可置信的表情。那双在墨镜下的眼睛，既红肿又无神。Genie 的灵魂瓦解了。

世上唯一的安乐之所，只有第 14 号当铺，她在公爵面前泪如雨下。

Genie 说："为什么？"

公爵说："有人变了。"

Genie 说："你们不是答应了我们幸福吗？"

公爵难为情地说："你的男朋友似乎真的很幸福。"

Genie 使劲地叹了一口气，"原来，他比钱更重要，从前我是不知道的。"

公爵说："我有能力令他回心转意，毕竟我没忘记你们相亲相爱的宗旨。"

"我们的幸福快乐。"Genie 念出这一句。那份计划书上，他们曾经写下了这题目。

想起来，她又哭了，眼泪连串滚下。

公爵说："容纳人生无常，不幸是常客。"

Genie 望向他，良久，她才懂得点头。公爵说得再对没有。

"是的，是我幼稚，我以为当什么都有了之后，就不会有不幸。"她轻轻说。

公爵说："你只是失去一个情人。"

Genie 苦笑，然后深呼吸，说："你可以这么说。"然后她在心中喟叹，她以为，阿申会是她的人生伴侣，一生一世，都相依相伴。

曾经，他们分享过恋人间最细致的秘密，他们携手走过最苦恼、失意的路，经历了这些那些段落。她以为，一同经历过人生的恋人，是不会分手的。

很迷失。她抬起空洞的眼睛，说："帮助我。"然后，已无力气说另一句。

公爵问她："你要我替你把他的心归还你？"

她扁着嘴摇头，说："如果他要回来，我要他全心全意，交还我一颗真心。虚情假意，旁门左道的，我不要。"

公爵赞扬她："你的思想很正确。"

Genie 忽然问："我可不可以不要你给我的一切？"

公爵笑起来，说："你保留吧，电影公司的告票快来了。"

Genie 醒觉："赔一世也不够。"

公爵也说："就是嘛。"

Genie 感叹："拥有了钱，却又发现不外如是。"

公爵说："Shopping 时开心就是了。"

Genie 想了想，说："也是。"然后又说，"会不会够钱 shopping 就该满足？"

公爵喝了口放到他跟前的茶，他没回答她，他让她自己去体会。

然后她又说："Shopping 之外，金钱如何使我更快乐？"

公爵提议："做善事，有钱，帮助需要的人。"

"对啊！"Genie 如梦初醒，"是啊，横竖我也是花钱，买衫是花钱，帮人也是花钱，总之花钱，人就精神。"说完之后，双眼发亮。

公爵说："你看，你向我要求钱，也可以是有意义的事。别把钱看得负面。钱，当然是可以买快乐的。"

Genie 这晚第一次愉快地笑，"李老板，谢谢你。"

"也要靠你自己体会。"公爵说。

Genie 叹息，"我希望从此之后变得坚强，更能掌握人生。"

"你会的。"公爵鼓励她。

Genie 说："忽然，我什么也不怕了。"

"是吗？"公爵微笑，"那我就极羡慕你。"

Genie 又笑，笑得灿烂迷人。

然后，忍不住，又是一声叹息。

后来，Genie 宣布息影，这位天王巨星只拍了一部片。她的魅力从此寄存在每一格的胶片中，留待有心人在家中播放欣赏。Genie 不再希望抛头露面，她不需要用虚荣印证自己的魅力。

这是阿申与 Genie 光顾当铺后的第二年，第二个回合完结。

Mrs. Bee 皱着眉，对公爵说："你说，像什么样？那个乡下妹有魅力不运用，居然放弃。"

Mrs. Bee 左手手心燃起一团火，右手手心变出迷你花洒，然后右手扑熄左手的火。

公爵看着，觉得新奇，指着她的手说："有空的时候教我啊！"

Mrs. Bee 定睛望着他，"无聊人就有无聊客人。你与乡下妹天生一对！"

公爵学着 Mrs. Bee 伸出左右手，双手上下摆动。Mrs. Bee 看不过眼，她的眼神一收紧，公爵的双手便一起着火。

"噢哗！"他痛得尖叫，连忙双手合拢，拍掌灭火。

Mrs. Bee 又皱眉，并且发出"啧啧"声，她总是看不起他，也终于说："一点 class 也没有。"

公爵本来仍在呼痛，但听见她这样说，就反抗："喂喂！我最讨厌别人小看我。"

Mrs. Bee 反驳："你也要有地方叫人看得起才不会令人小看你！"

公爵摸了摸后颈，嚓声。

Mrs. Bee 从背后抓来一本杂志，用力拍到台上，说："你看我把这个土佬锻炼成人中之龙！这就叫有 class ！"

杂志封面是阿申被选为世界十大华人杰青。

公爵看了一眼，"沽名钓誉……小事小事。"

Mrs. Bee 说："这回合是比赛吸引力。阿申的魅力使他成为城中 No.1 才俊，又让他俘虏了戚家千金，而且来势汹汹，一定可以更上一层楼。而你，你看你，那个乡下妹做明星好端端的，忽然又不做，弄得官司缠身，更被阿申抛弃，你说，她是不是输得彻底？"

公爵没好气，不耐烦地低声闷哼。

Mrs. Bee 再说："她输，即是你输。"

公爵伸了个懒腰，实在也无话可说。

Mrs. Bee 冷笑："你已连输两盘。"

公爵说："第三个回合还未开始。"

Mrs. Bee 说："看形势，你也可以执包袱走人①。"

①粤地方言，意指收拾包袱走人，即离开、离职。

公爵说："你有听过龟兔赛跑的故事吗？"

Mrs. Bee 立刻厌恶起来，"又提这个故事？停止！住口！"

公爵问："停止住口？即是叫我讲下去？"

Mrs. Bee 尖叫："不要向我讲道理！"她的手中变出一把小刀，刀锋指着公爵的喉咙，"要不然我插死你！"

"哈哈哈！"公爵觉得很可笑，他是笑着转身离开的。

Mrs. Bee 望着他的背影，实在有点不明不白，因何他连输两个回合也气定神闲？她不放心，咬了咬牙，脸露狐疑之色。

随后的日子，阿申继续如日中天。他公司所承办的一项建筑工程，得到一个国际奖项。设计的是一所博物馆，被誉为科技与诗篇的结合。

阿申已为世界各地人士所认识，蜚声国际，公司的生意当然更鼎盛。也因为戚小姐的扶助，资金充足，阿申建筑公司的规模，是当初成立的五倍，在纽约和东京也设立了办公室。

华人社会都以他为荣，他是当今最声名显赫的中国人。他英俊、秀雅、得体，西方人就称他为中国王子，他塑造了一个光彩动人的中国男子形象。当世界上某角落有人说起中国人，就自然会想起他。他被华人热爱，受西方人尊崇。

Mrs. Bee 给予他崇高的名誉。

那是阿申与 Genie 光顾当铺之后的第三年。Mrs. Bee 把阿申当初所渴望的，精致化了一万倍。她给他的，超乎他所能想象。

Mrs. Bee 坐在她的大班椅上转了一圈，微微一笑，这笑容有着怀念。

很少看见 Mrs. Bee 这种含蓄宁静的笑容，自当了当铺老板后，她无时无刻不是霸道凶狠。

她也很满意阿申，视他为杰作，她塑造他，是有模式的。当初，Mr. Bee 就希望成为今日阿申的模样，当一个备受景仰的中国男人，一个连西方人也衷心敬佩的华人，高贵优雅，如一个王族公子。

其实阿申本身的素质只是一般，但因为她给了他所向无敌的际遇，因此，他就扶摇直上了。如果 Mr. Bee 在那时也遇到助他成材的当铺，他所能做到的，一定更多。

Mrs. Bee 的笑容仍在，她怀念着 Mr. Bee 优美的背影，那种有深度的眼神，从现在的男人身上，是看不见的。

然后，她就想见见她的主人，她轻轻呼唤："你来吧。"

瞬间，房间内就涌现一股阴冷，寒气透心。

寒意中有一团火出现在她跟前，她站起来，把手伸进火团中，抓着的是一枝玫瑰，很深很深的红色。

"送给你。"背后有声音说。

握着玫瑰的她就回头,她的脸上有娇美的笑容,"你来了。"

主人流露着酷寒而高贵的神采。她走进他的怀中,至少怀内是暖的,立刻就能安心了。

她想说点什么,譬如"阿申很像从前的你""我让他达成你的心愿",但当然,她不会说出来。他不会明白,也太一厢情愿。

主人说:"你的下一步是怎样?"

她问:"你想我怎样?"

主人说:"那要看你的创造力。"

她笑:"我已把他推向最高峰了,我尽能力赢这次的比赛。"

主人望进她的眼睛,说:"你总是那么努力讨我欢心。"

她说:"我的人生从来只有一个意义。"

是的,从来如此。

主人说:"有一天我会奖赏你。"

她的笑容盛放,宛如玫瑰,她很快乐,"那会是什么?"

主人说:"那会是这个世界的玫瑰。"

她惊喜地张开口。

她说:"给我全世界的玫瑰干吗?我已经是你全世界的玫瑰了。"

他笑一笑,手指轻轻拍在她的脸上,"从来,我只有一朵玫瑰。"

她很满足,笑容如少女。当初,她认识她的爱人时,只有十六岁。

爱情，让女人时光倒流。

情话绵绵，听得她酥酥软。他这样一来，她又得到精力了，由下一刻开始，又有足够能量奋勇杀敌。

当阿申成为人中之龙的同时，Genie 就一直保持低调。她不做国际巨星，巨额赔偿了好莱坞的电影公司，也隐姓埋名。有时候她会周游列国，看些特别的景色，譬如波兰的河畔、法国的古堡、西班牙的建筑物、爱尔兰的日落。

已经没有人再记起她，她被遗忘了，但是，日子不赖，优哉游哉。

与公爵见面，她就语带抱歉："这回合是名誉，看来我又要连累你输。"

公爵显得不在乎，"你的名誉清白呀！"

Genie 笑，"当然清白了，都没有姿彩。"

公爵提议："有一件事可以低调地建立名誉。"

"那是什么？"她问。

"做善事。"公爵说，"你可以选择高调一点做，又可以极低调。你赢来的名誉，可以是社会人士的表扬，又或是受益者私下真诚的称许。"

Genie 信服，"是的，你一早向我提过，做善事，会得到真正的快乐。"然后她笑，"我最喜欢花钱。"

公爵鼓励她："花多些。"

Genie 的兴致来了，"尽情花！"

公爵向她保证："花完，再向我拿。"

"哗！" Genie 瞪着眼，非常兴奋。

然后，她继续全球性 shopping，继而把财产分批捐赠予各个慈善团体，有时她会直接参与慈善项目，有时她只捐了钱便不再跟进。

有一次，某慈善团体请她到内地一行，探访兔唇的小朋友。她在没有任何心理准备下跟着队伍去，到达后她看到的是，一张张等待新生的孩子面孔。原来他们已等了很多年，如果她早一点捐钱，他们就能早一点获得照料与治疗。Genie 的心情很激动，从那一刻开始，她决定以后就在慈善事业中度过。

她有的是钱，可以帮人为什么不去帮？对她来说，是何等轻易的事，只是把钱花出去。

Genie 也像阿申那样往返世界各地，阿申要的是建立名誉、地位与财富，而 Genie，是为了帮助别人。

以往，买一双鞋子已是整个世界，今日她的世界阔大得多。

依然会为漂亮的物质心动，只是穿在身上后，已另有目标。她感恩地发挥她的爱心。

以后，Genie 也想继续这样生活。出乎意料，在那份交给当铺的计划书中，她没想过这竟然是她梦寐以求的日子。

那天晚上，茶庄的寝室内，小玫播放着 Louis Armstrong

的 *La Vie En Rose*[①]。

今天，她特别盼郎归。

不知为什么，很想很想见丈夫一面。她穿着湖水绿的丝质旗袍，旗袍面上是手绘的鸳鸯嬉水图。化了个清雅的妆容，泡了壶狮峰龙井，把一束忌廉色的玫瑰插在花瓶中，那玫瑰形态高雅，花瓣较厚，有种雅静的温柔，而名字叫作 Cuddles，拥抱。

不知怎的，今夜真想好好抱一抱。

Louis Armstrong 在唱："快快抱我，紧紧抱我，你施放出来的魔法诅咒，就如玫瑰般的人生。当你吻我之时，天堂也叹息。虽然我早已合上眼睛，我也看见我的人生就如玫瑰……"

小玫轻摇着颈项与肩膊，她觉得自己很年轻，甚至从镜中望进去，也一样的青春可人。

"当你把我烙入你的心坎，我就走进了另一个世界，那是玫瑰盛放的世界。你知道吗？当你说话之时，天使就在上面唱歌，而你说出的每一个字，忽然都变成情歌……

"来吧，给我你的心、你的灵魂，然后你的人生也会永远如玫瑰……"

小玫的脸颊有如玫瑰的红晕，美极了。

———————————————

① 路易斯·阿姆斯特朗（Louis Armstrong），美国爵士乐大师。《玫瑰人生》(*La Vie En Rose*) 由他演绎后，成为世界名曲。

是有好兆头吗？为什么，此刻特别款款情深。

然后她就听见一声："美人——"

公爵边叫边走上来，张着双臂迎向她。

小玫愉快地走进他的怀内。

"很香很香！"公爵夸张地嗅着小玫的发香，然后朝她身上望，"啊，今天想鸳鸯嬉水吗？"

怎料小玫不反对，"嗯，也好。"

公爵瞪着眼，"哗！今天是什么日子啊！"

接着敏捷地捉着小玫的小手走进浴室，内有一个古典的罗马式浴盆，有四只小脚的那一种。

小玫转身放水，当她转身面向公爵时，看见公爵那似笑非笑的俊脸，他总是那么擅长诱惑她。

她笑了，那笑容未尽展，就给公爵用力一抱，他抱着她在浴室内转圈，她笑得更大声，然后公爵就牵着她的手，在浴室内起舞。

鼻拱着鼻，像小动物般摩擦着。

没有说话，没有笑声，他们静听着寝室的歌声，旋转的舞步由激烈变成细致缠绵。

爱情，流动在恋人贴身的空间中。挤呀挤呀。

这刹那极像当初在楼上小客厅中那经典的一幕，真的，很像很像，愈想愈像。

目光中有梦一般的情调。

公爵轻轻问："想什么？"

她抬眼，微笑："想着那个裁缝。"

两人就相视而笑。

"啊。"公爵很快乐。

她说："那个裁缝有衫不去做，勾引小姐与他跳舞。"

公爵说："那个小姐把裁缝山长水远召去，又不站定下来乖乖让他度身，偏偏就风花雪月。"

她笑，"那么算了吧，你既然后悔。"

"不。"他吻了吻她的鼻子，"那是裁缝一生中最大的成就……能勾引那个小姐。"

她笑得眯起眼，"小姐有什么好？"

他说："小姐高贵、美丽、上等、出尘脱俗……小姐，是他的梦想。"

说罢，自己也感动，用尽力拥抱她，抱得很紧很紧。

小玫陶醉地仰起脸，这是一个被爱了一生的女人的独有神色，安心、祥和、温柔，但又骄傲。

然后，脚畔有水，浴盆的水满泻了。她弯向后把水掣关掉，他就伸手解开她旗袍上的扣子，她的手也不闲着，把他的恤衫纽扣解开。虽然有点忙，然而他们的眼睛，没离开过对方。

眼睛内有磁石，吸引着对方不放，再忙也誓要看个够。

衣服滑落在地上，沾了水。一丝不挂的两个人，拥抱跌到浴盆中，水花四溅。他身上的玫瑰盛放，为着她而盛开，他要让她知道，这个身体，是她的。这片玫瑰花田，从来是属于她。

她在玫瑰上厮磨着，喘气，一口一口轻轻咬，咬不掉花瓣，但也咬出一点点红，那红色附在牙尖上。他享受着痛，就如身上玫瑰的刺倒刺进他的身体内那样，理所当然。

水中，她有若芙蓉，水光浮动，她的容貌和身体都青春美丽。她很满意，她看到那双被水承托的胸脯，高高地挺着，违反了地心吸力的定律。

水光中没有皱纹，白滑细巧，美得他与她都没有错过。

美哉美哉。

今夜，特别的动情，特别的兴奋，特别的满意。

小玫但觉，今夜是一个新开始。

后来，公爵伏在她身上不动，小玫仰脸叹了口气，就以脚踢他。他叫了一声，她就咯咯笑了。他再扑向她，双手按着她的肩膊，说："今夜，太不寻常，我决定再来一次！"

她拒绝，"你要让我睡。"

他不依，"晚一点才睡。"

她把手按着他的嘴，"让我睡饱才算。"

他无奈，"太狠心。"

她瞄了瞄他，从浴缸中站起来，他就仰上望，赶快欣赏维纳斯由海中出生的美景。

他的目光很温柔，因为眼睛正受着美景慰藉。

他也连忙站起来，把浴袍披在她身上，侍候她如一国之后。

他半抱半扶地与她走回床边，小玫忽然说："明天，我们去意大利看花园好吗？看那些幽闭花园、秘密花园。你说过的，你记得吗？"

他当然答应她，"好，我们去看。"

她躺在床上，他替她抹去发上的水珠，她望着他说："知不知道？那时候你对我说世界花园的故事，我已有点爱上了你。"

他笑："因为我口才佳。"

她说："因为你令我意外。"

他吻了吻她，轻轻说："我爱你。"

她笑："说多次。"

他便说："我爱爱爱爱你。"

又再四目交投，紧紧地吸引着。

半晌，她说："我信。"

他慢条斯理地接下去："信者得救。"

她拍打他，"喂！人家想浪漫一下，你硬要破坏。"

他捉着她的手，轻轻地吻，"我爱你。"

她却说："不信了。"

他伸手搔她的腰，她笑了。

"不信不信不信？"

"信啊……放过我呀……弱质民女呀……大爷……"

　　她扭着腰，他就愈抓愈有兴致，最后两人笑个饱，他才放开她，让她好好安睡。

　　今夜，真是分外的甜蜜。

　　这一夜，公爵要替小玫做一件白色的旗袍，通花的，有婚纱的韵味，做好后，让她在意大利的花园中穿，一定动人极了。

　　纽扣不用中国的盘扣，而改用南洋的珍珠，看上去就雅致得多。

　　她穿上后会有多华美？美人穿什么也会是美人。他一点也不担心。

　　缝纫机的声音精神奕奕，公爵的心情很愉快。

　　做了一半，是时候了。公爵放下衣料，走出裁缝房，继而走回寝室。他的心情没有什么异样。当然，他已准备好今夜的哀愁情绪，每一天，总有心碎的一刻。一天之内，就有春夏秋冬。

　　走进寝室，腥香一片，今夜，玫瑰的香气特别重。那血的味道，一点也不难闻。

　　从远处，已看见小玫横躺床上，左手手腕半吊床边，血一滴滴流到地上去，已有一片小血湖。

　　怎会有惊喜？之前的两情相悦，带不出更好的情节。她还是要自杀，仿佛是迎接日出前的一个仪式，由黑夜献给太阳。

公爵把小玫抱到他的膝盖上，让她的头枕着他大腿，他的手放到她的脸庞，轻轻责备："你看你，又不乖。"

小玫神志不清，声线很虚弱："我们永别了。"

"不，"公爵说，"明天后天，还有很多个以后，我们仍然再见，我们不会分离。"

然后，他替她包扎手腕上的伤口，他的态度仍然平静。

小玫说："让我去吧。"

公爵说："去？去意大利好吗？"

公爵意图说笑，但小玫当然不会附和他。深夜的气氛，永远不一样。

小玫的眼角有泪，"是我拖累了你。"

公爵说："是我挑选你的，我自愿的。"他俯头吻向她的发际。

眼泪滴下来，滑过脸庞，"我很痛苦。"

公爵吸了一口气，也开始哽咽，"我也是。你不会知道，每一个晚上，我有多心碎。"

小玫的神情更悲恸，她问："告诉我，我走了之后，你会来看我吗？"

公爵说："不，要走我们一起走。"

小玫凄凄地冷笑，她的笑容，说出了不可能。

然后公爵打算终止这一夜的悲痛，他说："谜底是——"

小玫的眼皮急急地抖动。

公爵没有太多的考虑，就说出来："时间。"

然后，小玫就长长地叹息，"唉——"

那叹息，带动了笑意，她的嘴角旁，勾起了一个虚弱但甜美的微笑。

她说出一句："答对了，终于。"

公爵怔住，在这瞬间，时间停顿，他全身上下急速冒出一阵寒。

什么？

她不该说出这样的对白。

公爵俯头瞪着他的妻子。

她说下去："世上瑰宝，白银黄金买不到，它像江河，日夜奔流，无人能够把它留……终于，你也猜中了。"

公爵愕然，不能置信。

他把小玫的左手手腕移到面前，再向手腕上的伤口吻下去，而这次，血没有止住。

那言语仍旧幽幽："费了你这许多许多个夜去猜，你既然猜中了，我就安心离开你。"

"不！"公爵急得叫出来，"不！不！不！那并不是答案！"

小玫看到公爵仓惶的神色，还有他那即将要悲哭的面容，小玫又叹气了："唉——"

"小玫！"公爵大叫，终于，哭了出来。

小玫说："不要伤心，不要怕。"她反而安慰他。

公爵发狂地摇着她的身体，又把她的伤口按到他的唇上，他吻了很多遍，但血仍然不听话，从他的唇边流下来。她的血，成为了他的血。

"不……"他能说的，只有这一句。

小玫淡薄地笑，"一天，你会来看我。"

"不……"他哭着，拼命摇头，"不……"他已不知道下一句该说些什么。

"你去哪里我也去哪里……"他已呜咽起来。

"那么，我就等你。"小玫用她的右手轻抚公爵的脸，说着梦呓一样的话。

"不要……小玫……不要死……你不能死！"他哀求他的妻子。

小玫的嘴唇已苍白如纸，眼睛半开半合，悲伤地望着她爱了一辈子的男人。从一个小姐的身份爱着，从在玫瑰花园转身的一刹那，从他抱过她慢舞的那一个午后。她爱他，专一地，心无旁骛地，爱了他一辈子。

她想再笑一笑，却已发现要花的气力太大，她花不起。

公爵泪流满脸，仍然在哀求："你走了我怎么办？你走了……怎么办？"

小玫望着他的眼睛，她决定望下去，望得多久就多久。

他凄凄地求她："我要跟你走……"

小玫已说不出任何话，尽了力，望着他。

他说下去："你怎可以抛下我？"

"你怎可以这样忍心？"

眼泪都流到口腔中，他呜咽："你怎可能舍得！"

最后，小玫想说一句："谢谢。"但是，她说不出来，她抖动了嘴唇，他就把耳贴近去，他听见微弱的两个短音，他就猜着了。

当他把耳移开，再望向小玫时，发现她正要把眼合上。

缓缓地，缓缓地。

"不……"他低叫。

这是最后最后的一秒，他看到，她的眼睛内，也是舍不得。

合上了。

那是一张合上眼的脸孔。终于。

"不……不！"他歇斯底里地叫出来，"不！"要多凄厉有多凄厉。

小玫，终于走了。

而他，还未停止哀求，他重复说着："我……怎么办……怎么办……"

——你走了，我怎么办？

然后，他再说："不要走，不要走！"

他哭得张大了口。

"回来！你回来！"

他抱着她的身体，仰起脸，痛苦地叫："你回来！回来！回来！"

原来喉咙是有泪的，泪呛住了。

哭得最悲苦的时候，身体就摇动，他抱着小玫，一直一直摇，"呀——呀——"

终于，失去了她。

他叫了许久，后来，一身的寒冷之后，他不叫，也不求，他抱着她，发呆。甚至没有望向她的脸，他的眼泪正干，一直发呆。

此刻，他谁也不是，他是个失去妻子的男人。

她就在今晚离开，他还以为可以一直拖延下去，但她就在今晚离开了。

不去意大利吗？不看花园吗？还有新衣服未穿啊。明晚，我与谁温存？

明晚，回来之后，还可以见着谁？

见不到你。

没有你，没有你。

我怎么办。

我们还有很多事要做，你答应过我，我答应过你。统统都未做，但你已经走了。

公爵摇了摇身体，发出一声笑，眼泪又再溢满，流了下来。

轻轻说了句："你不可以死，你知不知呀？"

可是，她已经死了。

因此，唯有又是哭断肠。

——知不知，这有多伤心？

就这样哭了许久许久，哭得声音沙哑，头亦痛，哭得心碎掉，灵魂也被打散。

肝肠寸断，魂离玉碎，人不似人。

然后，从寝室中传来脚步声。

公爵慢慢地回头，他看见自己，那个自己，并没有伤心。

"我明白你的心情。"那是主人的话。

他仍凄然，没有回答他。

主人说："人，总会死。"

说话内容伤感，但语气却是另一回事。

公爵深呼吸，开始清醒。他受不了。

主人又说："这样死法，是伤心了点。"

公爵冷笑数声，没有望向他，只是说："为什么你要这样做。"

"我？"主人夸张地向后退了半步。

"你要她今晚死。"他的目光很空洞。

主人摊摊手，"都是你不好！"然后他考虑着该说的下一句，想到了，"猜谜总有猜对的时候。"

那冷笑依然，凝在他苍白的脸上。

主人本想继续嬉皮笑脸，但眼看他没有什么激烈的反应，主人就觉得没有兴致，决定换一个形式。

主人冷酷起来。

"是的，真是你不好。"主人说，"你明知我讨厌你强化人类的灵魂。你怎可以用我当铺的财产做善事。"

公爵神色木然，没有说话。

主人说："恐惧的尽头就是这样，你怕无可怕。"

公爵说："把她交还给我。"

主人的声线由平淡渐变强烈："我要你依我的方法行事！"

公爵笑了笑。果然，恐惧到了尽头，就无可能再惧怕，他说："她能回来吗？"

怀中的尸体已经僵硬。公爵把她的脸轻轻贴着自己的脸颊，接下来，眼睛又红了。

主人望着他，说："人，难免一死。"

公爵没理会他。

主人又说："但死后，也有安息与不安息之分。"

公爵缓缓地迫视他，吐出一个字："不……"

主人气定神闲，"所以，怕无可怕是沉闷的，我想你怕完再怕。"

公爵仰头悲愤地叫："呀——"

主人瞪着眼，似乎嫌弃他的愤慨，主人说："又不高兴了吗？"

公爵悲苦地说："不要虐待她的灵魂。她也死了，你就让她安息吧……"说完后，他已受不住这更可怜的景况，只有悲哭。

很凄凉很凄凉。

主人冷冷地回应："依我的方法行事。"

公爵无奈地摇头，怀内小玫的脸上，有他滴下来的泪。

主人就摩拳擦掌了，"你先……嗯，我该要你做什么好？你先替我铲除那个婆娘，再杀掉你那客人。"

公爵说："我不会杀人。"

主人便说："就是不满意你未杀过人！怎样，也要给我看一次你杀人的样子。"

主人的目光锐利，"凡事，都有第一次。"

公爵绝望地看着他。

主人说："之后，你便会真正像我。"

公爵说不出话来。

主人说："像我，是你的心愿吧。"

公爵意图否认，然而，他连再说一声"不"的坚强也没有。

主人笑了笑，"我希望为你自豪。"他望了望公爵，然后又望了望小玫。

接下来，他就转身，走了数步，却忽然回头，走回公爵跟前，他弯下身伸出手，意图触碰小玫，"我该先带她走啊！"

"不！"公爵奋力拨开他的手，高声喝止，"没有人可以碰她！"

"哇！"主人的上身向后弯，他说，"外壳也这样紧张？"

公爵紧紧地抱着小玫，很害怕很害怕。

主人嘟着嘴摇摇头，转身离开他，边行边说："等你进步等了几十年，等到我不耐烦。"

主人叹息，主人不满意，主人觉得他没有出息，主人连那背影都是鄙夷的。

公爵没理会他的主人，他只关心他的爱妻，他一直抱着小玫的尸体，直至天亮了，也不放开。

本来，天亮后，小玫会起床替他做早餐，她喂他吃，她与他情话绵绵。她会用恩爱的眼神望着他，她开朗又迷人，她使他非常幸福。

但这一天，小玫没起床，小玫躲懒，小玫不再做早餐。

忠孝仁爱礼义廉听不到公爵的训话，走上来一看，才强行把公爵与小玫分开。公爵不肯，他嘶叫："除了我，没人可以带走她！"

七个人拉开公爵，他就继续狂叫，后来又号哭。然后，那些人才知道，他们是分不开的，因此，就留下他们，不打扰。

他又哭着走回小玫的尸体旁，急急地抱着她，他的眼泪流到她僵冷的脸上，他念着她的名字，然后他知道，他生生世世也放不下她。

到了晚上，忠孝仁爱礼义廉又来对公爵说："你就算要叫回她的魂魄，也要先埋葬她的肉身。她不似你，她只是个人。"

公爵就有点觉醒，他的双臂，终于也肯放开她。

然后，掠过脑海中的是，他救不了她，至少也要让她安息。

凄凄然，又哭了，"我对不起你……"含着泪，哭得无人可解救。

小玫已被带走。他爬往小玫自杀的床上，把脸枕往那片血渍中，腥香溢满。他埋在她的血渍之内，一整夜，哭哭醒醒。

一个人，怎习惯？

醒着之时就有呜咽，"我不能没有你，你回来吧。"

"你去了哪里？你一个人就去了……"

"你丢下我……"

"我怎么办？"

哭得筋疲力尽。一个男人，哭泣如失掉父母的孤儿，从今之后，茫茫然无所依。

很害怕很害怕。他蜷缩在床上，而这床，没有她，原来很大很大，大如荒野，四野无尽，令人心寒。

小玫没有回来。他怎样喊怎样叫也没有用。小玫死了。

第二天，他仍然躺在床上，痛哭、发呆、痛哭，哭得面容苍白，眼内红筋爆裂，哭得喉咙呛住，声音沙哑。

他想念着小玫，想念着他们相爱的每一天，由开始的第一天到最后一天。想着想着，后来就笑了，哭完就笑一笑，笑了又荡回伤心处，眼泪自然又来。

忠孝仁爱礼义廉替小玫办丧事，在第三天，他们把老板扶到灵堂，他说他要替小玟穿衣化妆。

他要让小玟穿一件白色的丝质旗袍，绣有一朵朵半开的淡紫色玫瑰。他把小玟身上的殓葬白袍褪去，然后，他看见她的肌肤上有些衣物的毛线，他轻轻把毛线拨走，替她穿上旗袍。他抬起她的手臂，又托起她的腰，他忽然想起，如果他们有女儿，他也大概会是这样替女儿更衣。小朋友冬天赖床，大人要在床上为他们穿衣服。

他的目光变得温柔，她没有反应，慵慵懒懒的，就似是他的女儿。继而，他的脸上有轻轻的笑容，他觉得心情畅快。

他拿来了化妆盒，为她抹点粉，抹得均匀，然后又涂上眼影，精细地画上紫色眼线。他定神看了片刻，她就像没有死去那样，一刹那，他怀疑她其实没有死。于是，悲伤又涌上心头，如果，她真是没有死，那多好。眼泪又自动自觉流下来了，他是哭着替她涂上唇膏。她与生前真的没有太大的分别，只像睡着了。但当想到她其实不会回来，他只有哭得更伤心。

明明，还是活着的……

他就哭得跪到她身旁。教悲伤如何停止？

公爵丧妻的消息很快就传开去，Mrs. Bee 都知道了。她的反应是："哎哟，那么可怜呀，死老婆啊！"然后又说，"别

怪我落井下石。第三回合的结果还未宣布。"继而就摆了摆手，
"Timing 问题。"

阿申的事业已变成一个企业王国，而 Genie，只在每日
低调行事。在 Mrs. Bee 眼中，名誉，就是全世界的目击与赞
扬，她说阿申这次又赢，公爵大概没有理由反对。

Mrs. Bee 等了三天，不见公爵返回当铺，她决定放弃继
续体谅，请人把公爵请回当铺去。

那是小玫去世的第八日，公爵的体力渐渐恢复，当然，
他的容貌憔悴，仍然哀伤。

Genie 看着就担忧起来，但在其他人跟前，不方便说些
什么。

Mrs. Bee 语带讥讽："死老婆，节哀顺变啦！"

公爵回应她一句："你也死过老公。"

当下，Mrs. Bee 一怔，便说："这不是我们的竞争项目。"
她的脸色一沉。

然后，她清了清喉咙："这个回合，当然也是阿申胜出，
他的表现卓越。"

阿申有成功人士独有的胜利风采，神气无限。

Mrs. Bee 说："三盘三胜，你没有异议吧！"

公爵微微一笑，显得事不关己。

Mrs. Bee 说："一个丧失斗志的男人，真与丧家犬无异。"

公爵伸手一摆，说："慢着。"

Mrs. Bee 反问："慢着？你输清输尽了，还有什么慢着？老婆死了，又不能再做老板，不如……"

她故意不说下去。

公爵说："我现在提出典当物的项目。"

Mrs. Bee 冷不防有此一着，而阿申与 Genie 更感愕然。

大家都忘记了典当物这回事。四年前，计划初定，公爵说过，典当物是在他们得到荣华富贵后才决定。

公爵说："放下。你们的典当物是把得到的一切都放下。"

阿申的反应最激烈："不！不可能！"

Mrs. Bee 倒是说不出一个"不"字来，她没忘记，公爵决定典当物的内容。Mrs. Bee 的神情，充满着意外，而且慌张。

阿申仍然不可置信，"这是没可能的事！"

公爵淡淡然地说："这是一次先得后偿的交易。你们所得到的，我们可没令你们失望过。"

Mrs. Bee 咬着牙，懊恼地望向地上，低声说了句："Shit……"

阿申大叫："骗人的！这间当铺是骗人的！"

这时候，Genie 才说出她的第一句话："阿申，你所得到的，比我们的要求，早已多得很。"

阿申忽然指着 Genie 高声叫喊："不！别期望我会交还！一分钱也不会！是我的就是我的！那是我打回来的江山！"

阿申愤怒得像一只凶猛的狗，他怒目横扫眼前的人，而目光最终停留在 Mrs. Bee 脸上。

Mrs. Bee 抽了一口冷气，她对公爵说："料不到你有此一着。"

公爵神情依然冷漠，"世事是充满意外的。"

阿申眼看事情不会有转机，就拂袖而去，回头抛下一句："别指望我会就范！"

阿申气冲冲地走了，Genie 却对公爵说："李老板，我该怎样交还我拥有过的所有？"

公爵问她："你心甘情愿？"

"你教我帮了那么多人，我早已赚够了。"Genie 说。

公爵的目光内溢满了欣赏。

而 Mrs. Bee 眉头一皱，闷哼一声就走了。

公爵截停她："如果阿申不放下他的所有，你就输。"

Mrs. Bee 回头瞪了公爵与 Genie 一眼，目光内充满愤怒和着意隐藏的彷徨。她没说任何话，匆匆离去。

她的步履很激动。真是头痛的事，如何叫一个重视名利大于生命的人放下？就算放下一点点，也不可能。

Mrs. Bee 咬牙切齿，慨叹："棋差一着！"

然后再来一句："大整蛊。"

剩下公爵与 Genie。他对她说："一切会来得很自然，但我也希望你有心理准备。"

Genie 点头，"我做了个美梦。"

公爵说："你是个充满智慧的女孩子。"

Genie 显得愉快，"未经历过这一切之前，我不知道我可以走得多远。原来，我可以走得很远很远。"

公爵叹了一口气："谢谢你。"

Genie 笑着点头，"谢谢你。"她也说了这一句。

之后，世事就多变。

股市下跌，她手头上的投资全面贬值，继而出现由大溪地而来的一对孪生少女，说是 Genie 那位远房亲戚的合法遗产继承人，千里迢迢来向 Genie 追讨回那份三亿元的遗产。

Genie 的父母一下子接受不了转变，每天长嗟短叹，唯独 Genie 气定神闲，她吩咐："那双少女想要什么就给她们好了，那笔钱原本是属于她们的。"

后来，Genie 把手头上的豪宅卖掉，把卖到的钱还给那双少女，其实怎样还出去，也还不到三亿元，一切只是尽力而为。最后，孪生少女也没有乘势迫 Genie，她们明白她的处境，留下小部分财产，当是补偿她的得而复失。Genie 便买了个小房子，与父母同住，安定下来后，就找工作做。

她常常笑，心情也好。前后富贵了四年，她觉得很足够，美梦般的四年，她活得像公主那样，虚荣过享受过，她已知道是怎么回事。而今天，她依然过得好。

她担心的是阿申。

从报章中她得知阿申的困境：建筑公司的一单工程出了

问题，公司面临美国有史以来最大的诉讼，阿申最初表现坚强不屈。后来也敌不过财政的压力，开始变卖公司资产，而同一时候，伙伴兼女朋友戚小姐亦离开他，宣布公事与私事一概与她无关。阿申突然孤立无援。

他依然努力四周求助解决困境。后来，有人看见他在清晨时分潦倒街头醉酒号哭，狂骂路人，开始有人传出去，阿申的精神状态陷入崩溃边缘。

很快公司就被债主申请破产。败诉后，就没有人再见过阿申。有人说他躲到内地去，过着倒霉的日子，三餐不继，神志不清，喃喃自语，说着风光的过往，迫使路过的人倾听。

他成为一个最快破灭的城市传奇，他的光辉，如朝露瞬间即逝。

没有放下，不肯放下，得到了不肯交出，承受不了。短暂的荣幸，就这样把他毁灭了。

阿申的一生这样完结。而 Mrs. Bee，煞白着一张脸，呢喃："我已尽了力要他放下。"

这一天，两位老板面对面。

公爵说："他的性格做不到。"

Mrs. Bee 说："疯了。"

公爵说："输得彻底的也是他。"

Mrs. Bee 抬头望着公爵，她的声音带着寒意，"我要多一次机会。"

公爵说："如果你有能力保留他的神志，我们还可以斗下去，但连客人的神志也维持不到，你凭什么继续？"

Mrs. Bee 缓缓地说出一句："猜不到你城府甚深。"

"我是计划周详。"公爵淡然说。

Mrs. Bee 低声说："是我没有提防你。"

公爵纠正她："是你没好好照顾你的客人。"

Mrs. Bee 皱眉，苦笑："我？照顾客人？"

"你不通晓人性。"公爵说。

"是吗？"Mrs. Bee 显得有气无力。

公爵说："你明白人性的真善美吗？你知道人性宝贵的地方在哪里吗？你从来没有从人的角度出发，你根本没有发掘过人性的正面。"

然后，他慢慢说出来："你也不了解人性脆弱之处。做了百多年人，你什么也学不会。"

Mrs. Bee 颓然，她作不了声。

公爵轻轻一笑，他说："或许，因此，你是当铺的老板。"

Mrs. Bee 凄然，"现在，你才是老板。"

公爵叹了口气，说："或许，从此我反而要活得像你。"

Mrs. Bee 疑惑地看着他。

公爵坦然："我还不知道第 14 号当铺会变成怎样。"

Mrs. Bee 抽了口冷气，她说："我找不着……"然后欲言又止。

公爵望着她，等她说下去。

她显得有点胆怯，"我找不着 Mr. Bee……我想知道他怎样看这件事。"

公爵默然，半晌后才说："我只知，当胜负已定之后，我就会送你到一个地方。"

Mrs. Bee 警戒地问："哪里？"

公爵说："升降机。"

Mrs. Bee 的表情顷刻怔住，惶恐的神色比得上她断送了千千万万次的下属。米白色的女人最怕被送到升降机。

她瞪着公爵，完全不相信会有此下场。

迷惘、大惑不解、恐惧、凄凉。

她呢喃："只不过，输了一次。"

公爵说："你何尝赢过？"

她合上了眼，颤抖。直至再睁开眼来之际，满眼通红。

她凄然地说："是你赢了。"

公爵却说："不，我也从来未赢过。"

说罢，就风度翩翩地伸出手，表示送行。

Mrs. Bee 在踏出第一步之后，就开始心惊胆战，身体内仿佛真空，每踏一步，都像踏在半空，危险、恐惧、大难临头。

她的毛管都竖起了，瞳孔放大，即使未死，已似个活死人。

行着死囚之路，她已走到升降机前，然后升降机的门就自动开启。升降机，从来与它的乘客心意相通。

茫茫然，身不由己，她踏了进去。

回转身来，公爵看见，她的双眼更红。

他善意地笑一笑，真诚地说："有幸结识过你。"

Mrs. Bee 没回话，她目光中没焦点，只是向前望，心头惧怕却又不敢求救，她心知无人能救自己。

升降机的门关了。

Mrs. Bee 在那封闭的空间内，寒如冰霜。

升降机的显示灯在闪动，平日，她看着那灯，从来不觉得什么，灯用哪种方法闪，也是带她到她喜欢的地方，譬如她的游戏间、她的休憩室。但今次，她要到的是一个不知处，一个惩罚她的地方。

为什么，就是这个下场？他不是常常到来，赞赏她认同她的吗？他不要她了，事前却无半声警报，她实在不明白他。

干吗要狠心？她是多么驯服乖巧的一个啊，为什么说不要便不要？还以为自己节节领先，怎知，一盘就被赶至如此田地。

为什么不留下她？做不成老板，做个女工也不赖呀，犯不着一掌把她推到深渊。

她统统不明白了。只知道，有人要抛弃她。

罪不至死，但有权的人，却要判她死。

想着想着，就泪流满面。

究竟会被送到何方？

升降机的闪灯稳定下来。目的地到达。

Mrs. Bee 但觉心脏也快要停顿。

不——要——

升降机的门开启，一阵风吹进来。当她真正感到寒意时，就是升降机的门尽开之时。

随风而来，是一阵花香，但花香有点怪异，那是腐败的气味。

Mrs. Bee 辨别着这味道。一眨眼，似乎有头绪。

很多很多年以前，她曾经与这花香一起。

抬眼望去，是一个黑夜，刮着风，而风中，有深红色的玫瑰花瓣，有若飘荡的魂魄。

啊——

是这里！

Mrs. Bee 踏出升降机。就在同一刻，她的脑袋轰的一声，她的身体摆动了一下，然后她就忘记了许多许多的事，记不起记不起。记不起她当过什么老板，记不起她的办公室的颜色，记不起她的美丽衣裳以及心狠手辣的作风。只记得，她曾经走在这片玫瑰花田中。

Deep Secret。深红色的玫瑰。

升降机不再存在，她亦忘记了她曾由升降机步出，当然也不会记起她用升降机载送过多少个下属。她已走在玫瑰花田中，思想被困在一个独特的时刻。

这是一个心伤的地方，她所爱的人死在这里，她感到悲痛、惘然、孤单、惶恐、凄凉。她失去了生命唯一的依靠。

她走啊走，跨过长有尖刺的玫瑰，而玫瑰凋零。尖刺弄伤了她的腿，她不觉得痛，血流过土壤，还仍然没有痛。痛的是心，她失去了她的爱人。

啊，世间再无天堂。

他说会在天堂重逢，但世间再无天堂，她都找不到。

她走啊走，不知目的地在何处，只是泪流满面地走，她已失去她的爱人，就在玫瑰花田中。

没有日间，只有夜晚，玫瑰不会有花蕾，玫瑰凋零。

而她，只有一系列的感觉：悲痛、惘然、孤单、惶恐、凄凉。

她走啊走，不停地走在孤苦的玫瑰花田中，空气中有着腐臭之味，玫瑰的魂魄四处飘摇。她走啊走，她将会重复走在这里，这里将无尽头，北面无尽南面无尽，东与西亦然。走到一天骨头折断了，她还是只能继续走。

伤心啊伤心，悲凉啊悲凉，同样也是无尽头，失去生命唯一所爱的感受重复又重复地徘徊，上一分钟刚到了悲伤的顶峰，下一分钟又从头开始。这种无天无地日月无光的伤心，就是她得到的永恒。

她的感受会不朽，宇宙无尽，而她的伤心亦无尽，从此，悲痛陪她到永永远远。走啊走，走不出去。

究竟，做错了什么？她诚惶诚恐地跟着他的指示生活了数十年，他却在一个不想再要她的念头之下，抛弃她在死亡的玫瑰中。

啊，不要你了，就要你下地狱。

她呜咽，眼泪随风而荡，她急步奔跑，试图跑过些什么，但跑呀跑，也只能落在这个永恒中。无处话凄凉。

当铺，只剩下一个老板。

而这个得胜者，脸上无半分笑容。

公爵留下了所有愿意留下的员工，他的七名手下，以及一群米白色的女人。当米白色的女人知道 Mrs. Bee 已与第 14 号当铺无关之后，也不见得欢欣，当然亦无悲伤，就如她们所过的每一天，悲欢离合，都给调到最平和的米白色当中。

忠孝仁爱礼义廉向她们宣布，有去意的员工可以选择离开当铺，她们的脸上只有木然的表情，没说话也没感想。基本上，她们是没有反应的，一百人，整齐排列成一行行，望着他们七人，半分表示也没有。

世上所过的每一天，就只是相同的每一天。

忠孝仁爱礼义廉面面相觑，继而只好叫大家散会，回到岗位工作。

当铺失去一个老板，原来一点影响也没有。无人哀伤，也无人高兴。继续营业。

忠孝仁爱礼义廉吩咐这群米白色女人各项工作，诸如宣传、约见客人、跟进旧客人。而公爵，望了他们一眼，就朝办公室的方向走。

他每走一步，地板、背景、家私杂物就跟着变色。米白色当然不可能再存在，而中国风味的古色古香亦一并消失，事实上，他与小玫的茶庄，亦已不在了。如今，他所走过的每一步，变化出来的是一股冰冷，银色与黑色的组合，划时空的闪亮，有型和冷峻。

他也不再在早上训话，他甚至已不大说话，神色忧郁暗哑。那个和气、幽默、爱教训人的李老板，不知躲到哪里去了。

一直走，身后背景就一直变，他走多少步，就变多少，他是这领域内的主人。有血有肉的员工听他的，客人听他的，环境也听他的。

公爵走进他的办公室内，原本属于 Mrs. Bee 的长台和大班椅，就变了形态迎接他，同样是酷寒的银色与黑色。

他坐下来，稍后要见一个人。

非常身不由己。

他要见的是 Genie。

Genie 带着笑意走上来，她清瘦了，但面色不错。

她高高兴兴地坐到公爵跟前，摇着手袋，说：“我仍然满屋名牌啊，那时候买了那么多，用一世也用不完！呵呵呵！”好像真是很快乐的样子。

公爵听罢就有点不忍心，他暗暗叹息，"一切都好，便好了。"他微微一笑，而那笑容，毫无神采。

Genie 担心，"李老板，你生活可好？"

公爵点头。

Genie 说："我知道，现在当铺归你所有。"

公爵于是说："所以我怎会生活不好？"

Genie 眨了眨眼，没作声。

公爵说："我们见过阿申。"

Genie 反应很大，"他在哪里？"

公爵说："他在某个地方。"

"带我去？"Genie 高声说。

公爵问："你真的想去？"

Genie 的声线转为温和，"我不会嫌弃他，我愿意照顾他。"

公爵望着 Genie，望了半晌。

Genie 流露着盼望的眼神。

公爵说："那么，你跟我来。"

公爵站起来，Genie 就跟着他走。他们走过忙于工作的员工身旁，默默然，一前一后。然后，在升降机前站定。

公爵说："升降机会带你去见他。"

Genie 的神色迫不及待，当升降机的门一打开，她就走进去，回头对公爵说："谢谢你。"她已眼泛泪光。

公爵一阵心酸。

而升降机的门已关上。

公爵垂下眼，面如死灰。Genie 看不见。

在升降机内，Genie 深呼吸，她告诉自己，待会见到阿申时无论发生什么事，一定要镇定。

升降机的闪灯在乱转，她没留意，一心一意只想着阿申。

然后，升降机的门开启，她踏出去，那是……一间似曾相识的商场。而在这一刻，商场内没有人，店铺的门关了，只有走廊天花板上的灯管亮着。

灯管忽然闪动，Genie 抬头看了一眼，继而往前走，接着，她听见一男一女的笑声。

她随笑声走去，这商场内，只有一间店铺在营业，那里有光。

Genie 走近这店铺，她首先看见，内里坐着阿申。

"阿申！"她叫。

阿申没听见。然后 Genie 再看清楚，原来阿申旁边坐着一个女孩子，Genie 定睛再看，那是她自己。

"啊——"她张大口，立刻又掩着。

阿申正与自己谈笑，而坐在他们对面的，是一个正把玩着塔罗牌的短发女子。Genie 记得，就是那年轻的神婆。

他们三人都看不见她，她就站到他们旁边观看。

阿申说："你真的可以看见我们富贵？"

神婆说："人中之龙！成就非凡！富贵荣华应有尽有！"

阿申与 Genie 双手紧握，神情喜悦。

Genie 说："塔罗牌的推算正确无误吧！"

神婆就在他们跟前翻出纸牌，一张一张铺在台上，阿申与 Genie 看着纸牌的内容，显得眉开眼笑。

真实的 Genie 站在他们的身后，也垂头研究纸牌的内容。然而，她看见的是——

贪婪之牌。牌面上是阿申与 Genie 对着钱显出贪婪神色的画像。

变心之牌。牌面上阿申正与戚小姐卿卿我我，牌的一角，Genie 在暗自垂泪。

疯癫之牌。牌面上有阿申发疯一般在街头谩骂的姿态。

Genie 在他们背后，心中一寒。

坐着的阿申与 Genie 却有以下对话。

阿申："你看，这就是我们的将来了！"

Genie："太美满了吧！我们什么都有。"

阿申："然后，最终我就疯了！"

Genie："有什么关系？我们有的是钱和其他嘛！"

阿申："那么，你就愿意牺牲我？"

站着的 Genie 全身冷汗直流，寒意由颈项脊椎一直流泻到腰间。她听得清楚他们说些什么，更看得清楚他们的表情，那三个人，一直笑意盎然。

带着惊心动魄的喜气洋洋。

接下来，神婆派出另一张牌，阿申与 Genie 看到，就欢呼了，说："好牌，好牌！"

Genie 在他们背后望下去，她看见——

死亡之牌。牌中有 Genie 躺在棺材内的图画。

"不！" Genie 高叫，"不！"

坐着的阿申与 Genie 继续握紧双手，欢欣跃满脸上。

Genie 的眼睛通红，她叫喊："难道你们看不见那牌面吗？"

阿申、Genie 和那神婆三人笑意盈盈，眼神流露着幸福。

Genie 急得要哭了，她说："你们看不到结局吗？"

坐着的阿申对 Genie 说："那么，我们就光顾当铺。"

坐着的 Genie 回答："是啊，就算他们令你疯和令我死，也要去！"

坐着的阿申非常感动，他说："Genie，是你送我们去死。"

Genie 站在他们背后高叫："不！我没有送你们去死！"

坐着的 Genie 回应阿申："是的，因为是我坚持。"

"不！" Genie 的眼泪流了下来，她叫，"不！不要去……"

坐着的 Genie 再说一句："我坚持要光顾当铺。"

Genie 仰脸惨叫一声，然后痛苦地呜咽："不……"

这就是公爵送她到的地方，那里有叫她悔恨的一幕，扭曲了，改编了，但精髓犹在。是的，当初是她有强大的虚荣心，是她坚持，是她纵容，是她不甘平凡。

"不……"Genie 向着在座的三人哭叫,她后悔极了。

而那三个人的对话继续:"只要有钱,便什么也可以。""如果你死了,我会用钱活埋你。""我迫你去死,因为我爱你。"

最后,神婆说:"去当铺吧,去吧去吧……"

三个人,又再哈哈大笑。

他们的对话,伸延到无尽处,Genie 听着,一边哭一边颤抖,而她懂得说的只是一个"不"字。

不知听了多久,她一直地听下去,直至眼睛四周出现了一个深深的黑圈,嘴唇干裂,头发蓬乱。究竟有多久?三日?四日?眼前是那三个人,耳边,是重复的说话。

"Genie,是你送我们去死……"

Genie 没有气力,她蜷缩在墙的一角,眼睁睁地望向前方。会不会下一秒就虚脱?

神志迷糊。大概是时候下地狱了。而地狱,又是否根本是这间小商场?

数年前来过一次,好奇将来前景,原来,已是半只脚踏进地狱。

完了完了……

就在这将去未去之间,她听见脚步声,由走廊的一个拐弯处传来,愈来愈近。她抬起眼睛,就看见跟前垂下一只手。她望了望,下意识地伸出手来,放到那只手之内。

一经触碰,眼泪就涌出了,说不出的感动。

是不是获救?

一把声音说:"我不能丢下你不顾。"

那是公爵。

公爵拖着她的手,把她带到店铺之外,与她走在走廊中。她向后一望,果然,那三个人已离她愈来愈远,她的心就安乐了,望着公爵的背影,她虚弱地微笑。

然后,他带她到升降机跟前,升降机的门就开启。

他俩走进里面,她累得倒到一角。抬头看了他的背影一会,便觉得很疲累,她只能看到水平线的东西。于是,她索性抱着他的脚,总算尽过力抓住些什么。

她听见公爵说:"升降机会带你到活命的地方。"

刚刚想在心中"啊"一声,她发现升降机的门又开了,当以为那就是她活命之处时,公爵却把脚用力一摇,摆脱了她的手臂,是公爵自己走出去,不再带着她。

公爵走出了升降机,她愕然。然后升降机的门又关上,自行升降。

刚才公爵说了些什么? 是公爵不忍心吗? Genie 用手抓着头,企图思考。

升降机,上上落落。

公爵走到哪里? 啊,原来那是一个墓园,并不太恐怖,反而很宁静。四周有树,树不健壮,没太多叶子。坟墓与坟墓之间的空间有很多,当中长出了枯黄的草。而天色,是接近黄昏但又未到黄昏的暗哑。有点干燥，无云，天很高很高。

公爵向前走，本来木然的脸，渐渐放松，他开始有点表情，而那表情焦急又哀伤。

他走到一个墓碑前，跪下来，双手往地上的泥土挖下去，用尽力，认真地，挖得指甲满是泥，愈挖愈深。

然后，他的神色黯淡下来，开始哭泣，低叫："小玫，我在这里呀……"

他挖得很快很快。

"小玫，小玫，我在这里我在这里……"

哭得泪流满面，面容扭曲。

"小玫，我要见你，我要见你……"

指头挖出了血，他痛，再叫："小玫，我就在这里，我在这里……"

到了悲伤尽处，他就整个人伏到地上号哭。

"小玫……我要见你……"

他的半张脸都是泥泞，眼泪鼻水混在一起。

他撑起身躯，又再往泥中挖，"你出来出来，我很想见你……"

泥被挖散，当然，小玫没出来。他颓然坐在她的墓前，肝肠寸断。

"我有没有告诉过你，荀粲情深的故事？"

"荀粲娶了骠骑将军曹洪的女儿为妻，两人十分恩爱。有一年曹氏得病高烧不退，荀粲便到雪地中裸身冷一冷，然后回去用冰冷的身体抱着她，希望她退烧。后来，曹氏还是病死了。"

公爵望着墓碑，继而再说："她死后不久，荀粲也死了，那一年，他二十九岁。"

黄昏将至，天有一种灰色，笼罩着墓园的上空，很灰很灰。

公爵的眼睛哭得红肿，他这次来，确定了他最想做些什么。

他从衣襟内拿出一把手枪，淡定而冷静地用枪对准下巴位置，由下巴朝向脸孔，然后开枪。

手不震心不寒，"砰！"

血花四溅，子弹由下巴射穿颧骨，再由眼角位置飞射出来，公爵倒地。

他进入了一个迷糊的状态，他看见小玫，小玫就在墓前，穿湖水蓝的旗袍，她轻轻说："我走的时候听见你叫我的名字……"

他立刻大叫："小玫！"

然后，他爬起来，小玫消失了。

而他脸上的破损，自行复元修补。那两个血洞，立刻不见，他没有死去。

为了赶紧与小玫见面，他又再向自己开枪，位置是太阳穴。

"砰！"他又再次倒下。

迷糊中，小玫又站到他跟前，对他说："我一个人上路，很挂念你……"

他激动。于是，再次爬起来，太阳穴的伤口，消失得无影无踪。

望向四周，小玫不在。因此，他向自己开第三枪，这一次朝向心脏，"砰！"

横卧地上，小玫就在他脚边现身，她抛下一句："但是我现在很好……"

他看见，她的脸上有温婉的笑容，似乎真的很好。他不敢动也不敢叫，怕她会走。他定睛地望着她的微笑，留恋着，欣赏着，心头一阵又一阵的悸动。

后来，她的微笑淡退，而身影亦接着消失。

留下来，是一声叹息，轻轻的、长长的，回荡长空。

公爵仍然横卧地上，他低声地哭，他已不再挣扎爬起来，亦不会向自己射第四枪。他知道，他不会死去。永永远远，与她阴阳相隔。

天色已暗下来，墓园的黄昏没有晚霞，亦看不到日落。

哭至累了，就不哭。他躺在土地上，嗅着泥土的气味，然后又嗅到随风送来那草的香气，他的感觉好多了。

不久，入夜，天色黑暗，传来一阵阵虫鸣。

细心一点就听见有脚步声，他睁眼一看，看到 Genie。

他有点愕然，想问问题，但还未开口，Genie 已经自行解答："升降机停过很多地方，但我也不想走出去，后来升降机就停在这里，我便走出来找你。"

Genie 把公爵扶起来，她说："你不忍心抛下我，我也不忍心抛下你，李老板。"

公爵说："对不起，我送你去死。"公爵的气色依然黯淡。

Genie 摇了摇头，"你送我去死之后，你在这儿干什么？"她似乎一点也没有怪责他。

公爵告诉她，"我来寻死，因为我的妻子死了。"

Genie 便说："一个人死，另一个不必死。"

公爵叹了口气，然后又微笑，"我不送你去死，就会有人虐待我妻子的灵魂。"

Genie 觉得很奇怪，她问："不是只有坏事做尽的灵魂才会遭受惩罚吗？你的妻子是坏人吗？"

刹那间，公爵的思维集中起来，一言惊醒。

是的，小玫一生善良，没有做过坏事。

因此，她美丽的灵魂关那个人什么事？

Genie 试探地问："我说的话有没有逻辑？"

公爵缓缓地说："刚才，她说她很好。"

她说她很好，她根本就很好，那个人完全威胁不到他。

凭什么，再要他言听计从？

根本，只是一个恐惧的陷阱。

小玫早已得到安息。

公爵抬起头来，"无人可以指使我。"

然后，他站起身，活了这些年，如今才找着坚强的力量。

一直利用小玫来威胁他，既然小玫的肉身已死，但灵魂却安好，便已经再无任何事可以掣肘他。

忽然，无所畏惧。

公爵走过墓园，步履稳定矫捷，他的力量回来了。

"喂！我没有气力啊！等等！"Genie在他身后叫。

公爵回头，跑了数步，拉着她的手，与她跑过墓园，走进升降机中。

当门一关上，他就知道下一步该怎么做。

未几，升降机门又再开启，门外是一条繁华路。

Genie知道这是她的路。她踏出去，又回头。

公爵说："放心走吧，你走的路不会困难。"

Genie点头，升降机门就关掉，她看见公爵的脸上有充满男子气概的笑容。看到了，她就放心。

既然永生不灭，就更加不能委屈。

以往的，够了。

接下来数天，公爵也没有在当铺工作，他留在他的休息间内，那是没有小玫的居所。

他什么也不干，只是望着镜子。

忠孝仁爱礼义廉认为他们的老板颓废到不得了，由早到晚对镜发呆。当然，他们亦只有纵容他，失去妻子的男人，行为古怪一点也情有可原。

公爵瞪着镜子，究竟，他在看些什么？

公爵张口，镜中人也张口。

公爵挥挥手，镜中人也挥手。

公爵说："不！"

镜中人不会说好。

"是的。"公爵对镜说，他已经有头绪。

每一天，有知觉之时，他就对着镜子做尽一切可以做的事情——笑、哭、发呆、说道理。

公爵说："容纳不幸为人生常客。"

镜中人自然一模一样跟着他说。

公爵说："蠢人一定要从厄运中才会变得聪明。"

镜中人重复："蠢人一定要从厄运中才会变得聪明。"

然后，是这一句："恐惧是最浪费能量的。"

镜中人便说："恐惧是最浪费能量的。"

"哈！"公爵忽然笑。

果然，必定是一模一样。

怎可能，不一样？

公爵要镜中人怎动手，怎开口，镜中人无可能反抗，亦不会有异议。因为，公爵是带领的那个。

"我要你跟我做什么，你就做什么！"公爵指着镜子说。

他看见自己指着手，神情威武，是了。

如果他可以控制镜中人，为什么不可以控制那个人？

他与自己一模一样。

他说："告诉我——"

语气肯定，就如那个人那样。

他问："潘多拉在盒子里遗留了什么？"

镜中人就回答："希望。"

"Bingo！"公爵摩拳擦掌。

公爵望进镜里，望了许久许久，那眼睛、那鼻子、那下颚线条，统统都出类拔萃。他仰起下颚，朝镜望去，忽然觉得自己很英俊。

他同样神气。

因何要模仿他？他有的，自己也有。

谁跟着谁，谁模仿谁，从当中分出主人与奴隶。

公爵说："如果我能控制镜中人，我也可以控制你。"

镜中人不得有异议。

公爵怒目而视镜中人，然后笑了笑，有着自信与坚定。他下了决心。

那一天，主人到访之时，公爵就端坐在房间中。主人由墙中穿越而出，一贯的气势如虹，带着笑，昂首阔步，优雅又有力量。

他看到公爵，就说："今天气息不错。"

公爵瞄了瞄他，"你也不难看。"

"我？"主人掠了掠前额的头发，"我当然不难看。只是，心情不佳。"

公爵气定神闲，"看我能否帮忙。"

主人带笑的脸变得愕然。然后，他清了清喉咙，说："我看见 Genie 活生生，在人间走来走去。"

公爵说："人，当然在人间。"

主人停下来，瞪着坐下来的他。看了半晌，就说："不，她不该在人间。"

公爵说："我不会杀人。"

主人说："你会不会，根本不重要，重要的是我要不要你去。"

公爵微笑，"已经不关你的事。"

主人望着他。

公爵说："只关我的事。"

主人问："你以为你有权？"

公爵说："我有，因为我是我。"

主人故意夸张地做出愕然的表情，"是吗？"又说，"这些年来你模仿我，有些像，有些又不像。你像我英俊但又不及我心狠手辣，看来我要好好教导你。"

公爵神色平静，而且坚定。

主人问："你不要小玫了？"主人志在必得。

公爵说："小玫也不关你的事。她对我说，她过得很好。"

主人合上嘴，望着公爵的眼，目光深邃。

公爵说："你不能再控制任何人。质量好的灵魂，你根本碰也不能碰。"

主人暗呼一口气，被看穿了。

"想独立？"主人神色嘲弄。

公爵说："我根本就是独立的人。我不模仿你不仰慕你不害怕你。"最后，还有一句，"我不稀罕你，今日，我已完全不渴望似你。"

主人愤怒了，他吼叫："我要你杀谁就杀谁！"

公爵说："不不不，你才不会要我杀任何人。"

主人冷笑："你以为你能看透我的心意？"

公爵耸耸肩，"为什么不能？"他微笑，"你从我而来。"

主人向后退了一步。

公爵说下去："你从我而来，因此你要像我。"

主人咬牙切齿："胡说！"

公爵说："有我才有你。那一年，你突然出现在我的生命中。原本有我，然后才有你。"

主人望着他，开始产生兴趣，他从来没有听过他说这种话，他有意听下去。

主人的神色缓和下来，并且对他有了少有的尊重。

公爵说："因此，我为何要像你、学你、崇拜你？你是由我而来的，无我就无你。"

主人说："多新鲜，把我说成是你身上一条毛。"

公爵扬了扬眉："你又别贬低自己，似我，已经非常不错。"

主人仰头狂笑，"哈哈哈哈哈！"

公爵站起身来与他面对面，他不打算再仰头看他。公爵指着他说："你是善良、祥和、慈悲、正义。"

主人停止狂笑，望向他的脸，"什么？"

公爵垂下手，轻松地说："因为我也是。我是善良、祥和、慈悲、正义。你自然也一样，你似我。"

主人张大口，表情仍旧怔住，他不能相信他刚才所听到的话。然后，甚至脸色也变了，不是苍白，不是青紫暗黑，而是红色，那种怕尴尬、怕肉酸①、受不了的脸红。

简直……想反胃。

主人用力地在原地踏了一步，并且双拳紧握。

公爵交叠双手，问："想……打架？"

主人挥着双手，满脸疑惑："没这样的事吧……"他续说："善良？正义？"

公爵说："宅心仁厚，锄强扶弱，公正严明……"

主人完全受不住，连忙叫出来："够了够了！"

---

① 粤地方言，意指某人的行为表现或事物的外形样貌很难看，让人看上去很不喜欢。

"如果你喜欢，我还有更多。"公爵说。

主人摇了摇头，慨叹："我一直也赶不走你原本的个性。"

公爵接下去："在今天，只有更强。"

主人自转一圈，说："唉！选错了人！"继而喃喃自语，"宅心仁厚，锄强扶弱……"

说到一半，就径自打了个寒战。好让人害怕。

公爵望了他一眼，就说："你放心，我是个好老板。第14号当铺由我打理，定必生意滔滔。只是，你要习惯我的手法，不要左右我。"

主人平复情绪，扬了扬眉，说："我说过，我买的是一个主人。果然，不幸言中。"

公爵微微一笑，"没办法，是你一直弄错，你从我而来，当然我才是主人。"

主人猛力把双臂伸向后，朝天叫："天呀！"

公爵向他保证："放心，我是个好主人。"

主人把双臂放回身前，颈项顺时针扭了扭，继而把头摇了摇。完成舒筋活络的动作后，他说了一句："想不到，你会开窍。"

居然有此一日。

公爵笑了笑，告诉他："你依然虚荣，依然想我学你的话，你就要表现出令我臣服的质量，你做得出，我不介意模仿你，称呼你'主人'。"

主人有点尴尬，但亦认同。像小孩子般不知如何是好，被说中了。

公爵说："你数十年来只懂得一套伎俩：叫我恐惧。当我已无所畏惧了，你就无能力打败我。"

主人唉声叹气，"早知不带走你老婆！"

公爵问："你可以把她交还我？"

主人却又正正经经地回答："这不是我能力范围内的事。"

"唉！"公爵气结，然后指着他，"你看你！难度高些的事已经办不到！"

主人摆摆手，"你知道……有些事情很难说……"

公爵仍然指着他："就是因为你功力差！"

主人拨开公爵的手指，"我功力差？你有本事就把你老婆叫回来！"

公爵望着他的主人，然后慢慢地，对他说："其实……"

主人等他说下去。

"当我年轻的时候，你的确是我偶像。"公爵平心静气地告诉他。

主人意料之外。

"但你今日就完全不值得我去模仿。"公爵端正地说下去。

主人神色惭愧。

公爵说："所以，"他的脸上有光彩，"今日轮到你来崇拜我！"

主人侧起脸，"呸！"

公爵很自豪，"看！我比你好那么多！"

主人望回他的脸，这样说："今日，我当是你赢！但是……"

话未说完，蓦地暗光一闪，主人分裂成很多很多个，横排而立在公爵跟前。

一整排都是主人，像工厂生产的人办。

主人的原形说话："除了恐惧的化身外，我还有执着、欲望、偏邪、贪婪、自卑、懦弱……"

公爵放眼开去，全部都是他自己，目不暇给。

主人说："派任何一个，都可以打败你！"

公爵深呼吸，对主人说："尽管放马过来！"

主人含笑，"由你而来的，也可以十分多姿多彩。看来，你也不是那样沉闷。"

公爵也笑，"见一个打一个。"

瞬间，一整排的主人还原为一，那暗光闪过又熄灭。

又重回一对一。

"给我看你的本事。"主人转身，回头对他说一句。

正想回答，主人就消失。

公爵想说的是："我也想看看你有多大本事。"

从今开始，他与他，才算公平较量。已经再无主人与奴隶。胜者为王，关系每次逆转。

公爵满意，他坐回沙发上，双手合拢。他知道已准备就绪，永生永世，要击败的自己，原来有那么那么多。

犹幸，不怕，已掌握了要诀。公爵的侧脸，从未如此锋利冷峻过。

无人可以模仿得到。

第 14 号当铺运作井然，公爵替米白色女人换上新制服，不问而知，是各色各样的旗袍。

那些女人不会有异议，多说两句的是忠孝仁爱礼义廉。

"好像酒楼的知客啊！"

"香港旅游推广吗？"

"口味太讨好洋人啊！"

公爵一意孤行。他喜欢，为着一些纪念。

生意做得不错，当铺的信誉与服务传颂一时，日子安稳而平静。

一天，来了一个客人，女性，三十多岁，外形平庸，那是陈小姐，来当铺典当她的尊严。

公爵考虑了一会，便说："尊严都不要？"

陈小姐说："不要了，我宁愿要他的爱情。"

公爵告诉她："无尊严的人是不会叫人尊重的。"

陈小姐反问："如果他不爱我，我要他的尊重来做什么？来，我给你我的尊严，你给我国色天香，令他深深爱上我。"

公爵轻轻点头，再慢慢告诉她："好吧，事情将会变成这样：首先，你得到了美貌，他看上了你。"

陈小姐的笑容来了。

公爵说下去："然后，你得以成为他身边其中一个女人。"

陈小姐溜了溜眼睛，表情欢愉。

"他给你浪漫，给你甜言蜜语，给你享受，他让你以为，他正在给你全世界。"

陈小姐的目光如梦，憧憬着那迷人情景。

"然后，"公爵的语调低沉起来，"他开始控制你，规管你的言行，不让你有自己的人生，他要你以他为人生的中心点。"

陈小姐望着公爵，皱眉。

公爵说："当你放弃你的世界，只拥抱他的世界时，他就开始厌倦你。这时候，你就忍不住缅怀你的典当之物。"

陈小姐面有难色。

"因为你把尊严典当了给我，你就形如贱民。他如何待薄你，你也没有反抗的能力，他不当你是人，你也只好逆来顺受，离不开他，每天以泪洗面，还要认为他所有的劣行都是情有可原，他对你再差，都变成合理的事。"

陈小姐疑惑："会这么坏吗？"

公爵说："没有尊严的人，分不清对错，对爱情欠缺标准，结局就是，别人不会当你是人去看待。"

"那么……"陈小姐犹豫了。

公爵说："你选择另一项典当物吧！"

"效果也会一样好？"她问。

公爵答应她。

陈小姐想了又想，想不出来。她问："可不可以给我意见？"

公爵告诉她："典当一生发达的机会。"

陈小姐呢喃："不能发达啊……"

公爵说："我拿走了你发达的机会，你一生也俭朴，我亦不会给你外形上的大变更，因为典当物的分量不足，你不会从此变得倾国倾城。然而，我交换给你另一个爱情对象，他不算英俊，也没有慑人魅力，亦不是家财万贯，但他聪明，处事合理，并且非常爱护你。"

陈小姐眨了眨眼，但觉不错。

公爵说："你既有爱情，又有尊严。"

陈小姐想了想，认为值得，于是答应："成交！"

公爵笑容满面，伸出手来与她握手，"恭喜你作了明智的人生决定。"

陈小姐感激地点点头，"我希望走到最后，也会为这次交易自豪。"

公爵许下承诺，"你会幸福。"

"真的？"陈小姐笑问。

公爵说："有尊严地被爱，就不会变成爱情奴隶。"

陈小姐也认为合理，她着力地颔首。

陈小姐离开后，公爵坐在他的办公室内，在大班椅上转了一圈，忽然想起一个人。有一件事，他想做。

小玖已逝世三年，当铺有时候实在太静了。

公爵走进升降机，升降机就明白了，闪灯跳动，公爵双手放到身前，精神爽利。

当升降机的门开启后，一阵阴风送至，他虽感到冷，但无损他今天的兴致。

踏出升降机，就嗅到一种哀伤的腐败，玫瑰的残骸飘荡风中，天是漆黑一片，无月也无光。

公爵走在路上，玫瑰花的枝茎刮在他的脚畔，有点寸步难行，这是玫瑰花田，一望无际。

花瓣凋零，死寂一片。走着走着，就听到女子的啼哭，断断续续，随风传来耳畔，荒凉寂寞而惊心。

公爵倒是冷静地含笑，他朝哭声的方向望去，要找的人该在那里。沿路走，走得愈远，那啼哭愈是悲怆，早已肝肠寸断。

终于，看见一女子，她披头散发，向左走两步，又向右走两步，彷徨无依，失了方寸。她掩着脸哭，又把手放下来，眼红肿，唇微张，满脸都是泪，表情痛苦而虚弱。

公爵叫她："Mrs. Bee。"

女子茫然回头，眼神空洞。

公爵一怔，她居然落魄残破至此，比玫瑰更凋零，人不似人，鬼不似鬼。她已在这玫瑰花田中跑了三年，昼夜不休。

Mrs. Bee 介乎认得他与不认得他之间，她的嘴唇哭得抖颤。

她失魂落魄，"世间……无天堂……"

三年了，她也找不着她的所爱，她失去了他。

公爵说："他已经死了。"

Mrs. Bee 急急摇着头："不不不……"

公爵说："他去了他的天堂。"

她愕然，张大了口，又把手指放进去，"这儿真有天堂吗？"又四处张望，"哪里哪里？我找来找去找不到。"

公爵说："你俩已阴阳相隔。"

"啊——"她向后退了一步，不敢置信。

公爵说："这么多年来，你爱着的人都不是他。"

风掠过，他的长发拂到脸上来，在乱发间，她落了泪，悲痛中还是有意识。

她听得明白。

公爵说："你也是时候脱离他。"

"啊——"她又叫，双手抓着脸，向天狂啸。

公爵说："你爱着的，从来只是幻象。"

她凄苦得双膝跪下，发出野兽的叫声，"呜呜呜……"

公爵说："快从这幻觉中走出来。"他的手一扬，玫瑰就如旋风卷上天。

她显得痛苦，疯狂用手擦脸，又在地上打滚翻动。这三年滞留在苦痛中，她被折磨得不似人。她趴在地上，又用玫瑰的尖刺刮自己的脸，痛入心了，就转头向他说："我走不出……走不出……很伤心，很痛很痛……"

公爵说："你听过佛陀所说的'人无我'吗？"

她定一定神，有点出奇。

公爵说下去："一切万事万物，于世间外在，都是无常的，因为无常所以你会感到痛苦……"

她轻轻皱眉，开始有点感应。

公爵继续说："你以为这个感受着痛苦的是真正的你吗？其实不然，这是虚假的你。因此，不要停留在这个痛苦的你之中。"

她的头开始有点痛，心中涌出一个念头：有人讲道理。

公爵说："不执着，自能解脱。"

脑袋的痛楚反而有助清醒，她忘记了哭泣，双手往头上抱。Mrs. Bee，似乎要回来了。

公爵说："没有永恒不灭的事与物，也没有任何事与物可让你永远拥有。"

Mrs. Bee 开始忍受不住，阻止他："不要讲道理！"

她头痛欲裂。

公爵停下来，知道她有反应，于是说："离开这痛苦的地狱！"

这是一道命令，他说罢，空中的玫瑰就凝住，空间一切静止。

"呀……"Mrs. Bee 放下抱着头的手，瞳孔放大。

魂魄，正归位。

Mrs. Bee 打了个寒战。

公爵对她说："这痛苦并无意义。如果他真是你当初爱着的 Mr. Bee，还算值得，但你为了一个假的 Mr. Bee 而痛苦了那些年，又受人掣肘，值得吗？"

Mrs. Bee 的目光有了焦点，她开始明了。

然后，她凄凄地说了一句："但是……我需要爱情。"

公爵望着这个放弃了尊严的女人，深深叹息，对她说："爱情，是一项选择。"

Mrs. Bee 的目光闪动，她在思考。

公爵说："有些人值得爱，而有些人不。"

"那么……"Mrs. Bee 不知所措。

公爵告诉她："我是来带你走的。"

Mrs. Bee 仍然惘然。

公爵向她提议："你来，做我当铺的客人，你肯典当你的坏因子，那些狠心与恶毒，我就用作交换你回去当铺的机会，让你做一个称职的员工。"

Mrs. Bee 听进耳内，想了想，然后深深地望向他，"你来救我。"她低声说。

公爵微笑，说："慈悲为怀。"

Mrs. Bee 仍然不安，"我……真可以离开这里？"她四周打量，又问，"不用，再理会……那个人？"

公爵告诉她："那个人，已不存在。"

"啊！" Mrs. Bee 非常惊异。

公爵说："你不再是他的奴隶。"

谁料，Mrs. Bee 是这样反应："那么，我怎么办？"

公爵愕然，他不相信世上有这么不争气的人。

Mrs. Bee 双拳紧握，她懊恼，"我不能没有爱情。"

公爵的表情止住，他发觉这女人完全不能理解。

忽然，Mrs. Bee 望向他，说："刚才，你不是说，爱是一项选择吗？"

公爵显得小心翼翼，"是的。"

Mrs. Bee 说："那么，我选择你！"

说罢，就向前一扑，双手抓着公爵的裤子。

公爵冷不防她有此一着，急急忙忙踢开她。

"喂！喂！走开！走开！"

她松开了，公爵立刻向前奔跑，Mrs. Bee 则又扑又跳地向他乱抓，今次，抓着他的手臂，"你让我去爱你！"

公爵猛地拨开她，"你这个女人……疯的！"

"呀……" Mrs. Bee 不忿气，第三次再扑上前去。

公爵被她缠住，就后悔动上一念之仁，乘升降机来救她。

公爵开始翻脸，指着她说："你不正正常常，休想回当铺！"

Mrs. Bee 百思不得其解，"我只不过想去爱你！"

她已重新站了起来。

公爵说："做女人要学会自立，不要时时刻刻讲情讲爱！"

Mrs. Bee 表情疑惑："爱情有什么问题？"

公爵气结，转身就走。Mrs. Bee 跟在他身后，絮絮说着爱情的事。他俩步过的玫瑰花田，随着他们的脚步一吋一吋重归艳丽，败残的玫瑰，由萎靡渐渐康复，花瓣润泽了，挺起来，准备吐芬芳。

死而复生，新的生命力。

这两个人喝喝骂骂，继续一直走，故事似乎要有另一个开始。

公爵说："别痴心妄想，我是不会把爱情给你！"

Mrs. Bee 奸笑，说："终有一日，我会有办法！"

公爵翻白眼，转头跑得很快，玫瑰因而重生得更急。

故事，下回分解。

从前公爵的那位主人，很久没探访过他，似乎，自上回一别后，元气大伤，连生意也不想理了。

其实，主人是选择不到形态，究竟要以何种形象出来见他？

主人可以有万千种模样，甚至可以变成一沓钞票，散发着钱的腥香；更或是化身一枝玫瑰，蕴含着故人的韵味。

只是，无论是何种形态，都要配上这种特质："尊重"。

他已无可能不尊重他。

于是，就懊恼了。

他不再是一个奴隶，主人就不懂得如何去面对他。

唯有想清楚再现身。而下一回，非要他目瞪口呆不可。

（全文完）

图书在版编目（CIP）数据

玫瑰奴隶王 / 深雪著. —— 深圳：深圳出版社，
2023.11
大湾区专项出版计划
ISBN 978-7-5507-3894-2

Ⅰ. ①玫… Ⅱ. ①深… Ⅲ. ①长篇小说 – 中国 – 当代
Ⅳ. ① I247.5

中国国家版本馆 CIP 数据核字 (2023) 第 154929 号

版权登记号 图字：19-2023-251 号

玫瑰奴隶王
MEIGUI NULIWANG

出 品 人　聂雄前
责 任 编 辑　何旭升 梁 萍
责 任 技 编　梁立新
装 帧 设 计　自留地

出版发行　深圳出版社
地　　址　深圳市彩田南路海天综合大厦（518033）
网　　址　www.htph.com.cn
订购电话　0755-83460239（邮购、团购）
排版制作　深圳自留地文化创意有限公司
印　　刷　深圳市华信图文印务有限公司
开　　本　787mm×1092mm　1/32
印　　张　9.25
字　　数　153 千
版　　次　2023 年 11 月第 1 版
印　　次　2023 年 11 月第 1 次
定　　价　58.00 元